RUM &

RASPBERRY

RUM & **럼과**

라즈베리 RASPBERRY

이순임 장편소설

파람북

작가의 말

몇 해 전, 평범한 뉴질랜드 한 공원에서의 경험이 이번 소설의 모티브가 되었다. 가족과 함께 무슨 얘기를 하며 가볍게 산책 중이었다. 그런데 갑자기 어느 한 지점에서 강한 울림이 있었다. 우린 너무 놀라 걸음을 멈추고 주변을 살폈다. 하지만 에코가 발생할 만한 구조물은 눈에 띄지 않았다. 그날의 특별한 경험이 오랫동안 나를 붙들고 있었다.

소리의 공명을 소설로 써야겠다 마음먹은 건 사실 무모한 일이었다. 너무 막연해서였다. 소설은 진척이 없었고 그해, 나는 각기 다른 질병으로 두 차례의 수술을 받았다. 6개월 간격으로 전신마취를 한 것이다. 수술실 의료진들의 대화는 지금도 내 몸피에 울림으로 남아있다. 몸속 장기와 뼈들은 내가 언제쯤 불필요한 건 덜어내고, 필요한 건 채우는지 미리 아는 듯했고, 몸은 빠르게 회복되었다. 그제서야 소설 집필이 가능했다.

돌이켜 보면 소설은 내 몸이 쓴 거 같다. 보이지 않는 물리의 세계가 얼마나 아름다운지 이번 소설을 쓰며 알게 되었다. 내 몸은 하나의 울림통이나 다름없었다. 심장 박동, 호흡, 뇌파, 근육 수축과 이완, 몸 안에는 주기적인 진동으로 가득했다. 그것은 왼쪽 날개뼈 통증이 날개뼈에 원인이 있는 게 아니라 다른 부위에 있다는 걸 가르쳐주었다. 새로 시작한 운동은 점차 몸의 스승이 되어 갔다. 뼈와 근육, 신경과 관절이 어떻게 움직이고 상호 작용하는지 알아가는 시간이었다.

오랜 시간을 생각하는 데 썼다. 소설 속 인물들 앞에서 어르고 달래고 서성이고 어슬렁거렸다. 사람과 자연이 하나로 연결되어 있음을 나는 소설 막바지에 이를 즈음, 슬몃 깨달았다. 사랑이 아니면 불가능한 일이다. 소리 공명에 대한 나의 무모한 사랑의 시작이 결국 끝을 이어주었다.

하지만 수상하다. 왠지 이게 진짜 결말 같지가 않다. 실패여도 괜찮다. 잡힐 듯하다가도 잡히지 않는 소리의 잔향! 그는 여전히 내 곁을 맴돌고, 그것은 또 다른 시작을 의미한다.

항상 곁에서 응원하고, 기다려주고, 힘 보태준, 사랑하는 나의 가족에게 고마움을 전한다.

늦여름에 가을을 기다리며
이순임

트랜지스터, 라디오

예기치 않은 일이다. 백팩에 손을 넣는 순간, 찌릿한 감전처럼 세반고리관으로 감각이 파고든다. 그저 '일기장'을 꺼내 원장에게 건네려던 참이었다. 그러나 손끝에서 흘러나온 신호는 내 몸을 지나 머릿속 어디쯤, 기억의 가장자리에서 소리 하나를 재생시킨다.

도도솔솔라라솔.

악보 없는 멜로디가 감각의 틈을 헤집는다.
나는 허리를 펴며 백팩을 들어 올린다. 시야가 흔들린다. 낡은 책상 벽면에 붙은 문구가 빛을 받아 도드라진다.

볼 수 있는 눈이 있고, 들을 수 있는 귀가 있다면, 어떤 인간도 비밀을 못 지킨다. 입은 다물고 있어도 손가락으로 재잘거리고, 모든 땀구멍에서는 배신이 흘러나올 것이다.

지그문트 프로이트. 그의 경고는 마치 내 상태를 정확히 진단하는 듯하다. 나는 무의식적으로 침묵하며 프로이트의 문장을 다시 읽는다. 원장이 고개를 든다. 잿빛 곱슬머리는 빛에 반사돼 은사처럼 흐르고, 그의 눈동자는 안경 너머에서 물처럼 고여있다. 미소도 인사도 없이, 우리는 눈으로 모든 걸 주고받는다. 신뢰의 씨앗은 그렇게 잠잠히 뿌려졌다.

나는 일찍부터 그를 예술가라고 단정지었다. 이 판단은 그의 멋스럽게 펌한 헤어스타일, 그것의 흔들림에서 시작됐다. 곧은 이마로 흘러내린, 그의 웨이브 진 머리카락이 정수리로 올라갔다가 두개골의 선을 따라 굽이친다. 그는 웃는 대신 눈꺼풀을 살짝 내리깔고, 말 대신 손끝을 들어 '소리꿈'이라는 제목이 붙은 일기장의 일련번호 356번을 가리킨다. 그 순간, 원장의 눈꺼풀이 떨린다. 고요한 표정 너머에서 무언가가 진동한다. 그는 네 번째 마디의 4분음표와 2분음표에 대해 무언가 평범하지 않은 점을 포착한 듯했다. 도형처럼 배열된 음들이 내가 보기에도 어딘가 기이했다. 음의 포물선, 파동의 높낮이. 그는 손짓으로 그 흐름을 따라가기 시작했다. 취미로 트럼펫을 배우고 있다는 그였다. 높은 '도' 8분음표로 시작한 마디에서 높은 '라'의 16분음표에 붙은 두 개의 연이은 샾

(#), 플랫(♭) 셋잇단음 16분음표, 2분음표의 샾, 그리고 한 박자 쉼표로 끝난 마디의 달세뇨(D.S)를, 그는 무척 정확히, 차라리 연주한다는 표현이 어울릴 정도로 맵시 있게 포착하고 있었는데, 그런데,

갑자기, 멈췄다. 공기 중에 맴돌던 손이 얼어붙고, 눈동자가 깊어진다. 나는 호흡을 가다듬는다. 마치 둘 사이에 흐르는 전류가 다시 깨어난 듯, 원장의 손끝이 떨린다. 그 떨림을 나는 감지할 수 있었다. 아무 생각 없이, 아니 무언가에 끌리듯 나는 그의 손을 덥석 잡았다. 16분 셋잇단음표의 리듬이 양손 사이를 타고 퍼졌다. 다시 한번, 그 감각은 시작이었다.

"하고 싶은 말 있음 해봐요."

원장은 손을 놓고 낮은 목소리로 말한다. 붉어진 콧등, 다시 쥐었다 펴는 손동작. 그의 코끝이 점점 더 붉어지고 있었다. 내가 말이 없자 원장은 고심하듯 말한다.

"이제 그만…… 유품은 놓아도 되겠네."

나는 백팩을 끌어안으며 천천히 입을 연다.

"172시간 8분이 지나면요. 그때는 정말 할아버지를 보내드릴 거예요."

원장은 물끄러미 나를 바라보았다. "그날이…… 어디 보자. 돌아가신 할아버지 사십구재인가?"

나는 고개를 끄덕인다. 한숨인지 대답인지 모를 소리가 목에서 흐른다. 원장은 깊이 있는 눈으로 말없이 바라보더니, 역시 조용히 고개를 끄덕인다.

나는 백팩을 가만히 내려다봤다. 트랜지스터라디오의 희미한 전류가 새어 나오는 듯했다. 오랫동안 천식을 앓았던 할아버지의 겨울, 거친 숨소리, 공기의 압력, 허파의 진동. 그것들이 여전히 그 안에 갇혀있었다.

"대체 언제 적 물건을…… 아직도 갖고 다니겠다는 건가?"

원장의 말은 무표정하지만, 그 속에는 부드러운 단념이 있다.

"인간 정신이란 것도 결국은 뇌의 화학반응일 뿐이야. 영혼이라는 걸 너무 신성하게 여기지 말게."

그는 다정하지만, 진지하게, 낮고 맺음이 분명한 목소리로 말을 잇는다.

"착각하지 말라는 뜻일세."

나는 잠시 침묵한다. 그러다 머리를 들어 말한다.

"음성이 저주파로 바뀐 것 같아요. 50에서 60헤르츠 사이. 모기들이 싫어하는 주파수……."

그 말은 도중에 끊겼지만, 원장은 반응한다. 그의 눈빛이 반짝인다.

"내가, 아니…… 혹시 반복되는 소리? 자네 머릿속에서?"

나는 끄덕였다.

"시간은?"

나는 주저 없이 대답했다. "7.2초."

원장은 나를 물끄러미 바라본다. "두려워하지 말게."

나는 작게 웃으며 되뇐다. "알아요."

그리고 한마디 덧붙인다.

"두려워 말라, 성경에 나오는 말씀이죠. 365번."

그러나 안심은 되지 않았다. 그 소리는 여전히 남아있다. 흰개미처럼, 나의 가장 안쪽을 사각사각 갉아먹으며.

*

무엇보다 그 소리는 채영과도 관련이 있었다.

십여 년 전, 그해 여름은 유난히 더웠다. 채영의 연락은 마치 징조 같았다. 얼음 하나를 입에 물고 있을 때, 미세한 전율처럼 전화벨이 울렸다. 채영이 언제나 그렇듯, 불시에. 그녀는 간단히 말했다. 오후 두세 시쯤 도착하겠다고. 그리고 바닷가에 가자고. 아빠와 함께라고.

나는 기계적으로 구글에 '날씨'를 입력했다. 해안가 구름은 언제나 배신을 기획한다. 쏟아지던 햇살의 틈을 비집고, 뇌우가 아무렇지도 않게 들이닥친다. 그날도 그랬다. 마음은 이미 허둥대고 있었고, 채영이 도착한 시각은 예상보다 십여 분 일렀다. 이미 짐을 다 챙기지도 못한 상태에서 나는 소리를 시각보다 예감처럼 먼저 감각했다. 브레이크 음, 모래를 밟는 타이어의 긁힘, 그리고 익숙한 엔진 소리. 문득 뒤를 돌아보았을 때, 채영은 뒷좌석 창문을 열고 있었다.

산허리를 감아 도는 도로 위, 차는 점점 속도를 줄였다. 짙푸른 해송 그늘도 열기를 식히지 못했다. 셋까지는 굽이를 세었으나 그다음은 놓쳐버렸다. 불길했다. 아니나 다를까, 그 순간부터였다. 눈이 부풀었고, 동공이 화끈하게 달아올랐다. 뜨겁다는 감각은 아프다는 신호로 둔갑했고, 나는 숨이 막혔다. 손으로 눈자위를 감싸며 침착을 되찾으려 애썼다. 나는 불타오르는 듯한 감각을 피부로 느끼며, 태양의 흑점을 상상했다. 바람이 윈드실드를 따라 나를 훑고 지나갔지만, 고막은 오로지 바닷소리만을 지각했다. 부서지는 파도, 갈라지는 바위 틈새의 물결, 그리고 규칙적인 진동. 그것은 누군가의 심박처럼, 끊임없이 밀려들었다.

차는 엉뚱한 방향으로 꺾였다. 다각형의 첨탑과 피뢰침이 시야를 벗어나고, 낯선 콘크리트 건물이 숲속에 박힌 흉물처럼 나타났다. 채영의 아빠는 혼잣말을 중얼거리며 다시 흙길을 되짚어 포장도로로 돌아갔다. "거 참, 왜 이리 낯설지? 멀쩡한 길을 두고……." 그의 말은 끝까지 이어지지 않았다.

도착한 곳은 절벽 위, 바다가 반쯤 감춰진 작은 공터였다. 바람은 흐느꼈고, 바다는 경계를 잃었다. 하늘과 물은 뒤섞였고, 바닷가 마을의 지붕들은 도형처럼 언어를 잉태했다. 원뿔, 반구, 소라의 나선. 각기 다른 지붕에서 다른 음이 흘러나왔다. 마치 집마다 각자의 화음이 존재하는 것처럼. 그중 하나, 소라게 철탑은 단연 돋보였다. 흐린 태양에 반사되는 노랫소리가 높고 맑은 음자리로 바뀌며, 정확히 7.2초의 파동을 남겼다.

좁고 굽은 골목으로 접어든 뒤, 채영이 불쑥 멈춰 섰다. 무성한 잡풀과 뒤엉킨 나팔꽃 넝쿨이 입구를 막은 집 앞이었다. 창문은 굳게 닫혀있었고, 항아리 두 개가 문간에 놓여있었다. "보라 꽃이 피었네." 채영은 말했지만, 그건 내 눈에 파란색이었다. 그러나 그녀는 자신에게 보이는 색깔로 꽃을 분류했다. 보라냐, 아니냐. 그 외의 정보는 불필요했다. 나는 '파란색 나팔꽃'이라는 이름으로 수정하려다 말았다. 그녀가 지금 무엇을 말하는지, 그녀 역시 정확히 알고 있었기 때문이다. 그녀는 단어보다 색을, 글자보다 향기를 믿는 사람이었다.

한 집의 모퉁이를 돌아서자 안개가 뚝 끊겼다. 조금 전까지도 회백색 해무가 마을 전체를 집어삼켰는데, 순식간에 햇살이 내리쬐었다. 눈앞의 집은 도무지 주변과의 이질감을 감추려 들지 않았다. 삼각형인 주황색 지붕, 사각형인 초록 잔디, 그리고 마름모, 원. 질서정연한 도형들이 벽이고 바닥에 박힌 채 대칭을 이루고 있었다. 각각의 기하학은 일종의 합주곡을 연주했는데, 좌우가 완벽하게 대칭인 점이 오히려 청중에게 불길함을 선사했다. 마치 무언가를 가리기 위해 설계된 질서.

집 안에 들어서자 감각은 즉각 반응했다. 머리가 맑아졌고, 습기는 없었다. 빈집이라기엔 너무나 따뜻했다. 윤이 나는 목재, 흐릿한 꽃무늬의 커튼, 낡았지만 정갈한 인테리어. 그러나 문제는 구석에 놓인 철제 책상과 의자였다. 러그 위에 덩그러니 놓인 그것은 공간의 리듬을 깨트리고 있었다. 나는 의자에 앉았다. 그 순간, 진동이. 수평이 어긋난 것이 아니라, 지진의 전조 같은 파형이 엉덩이로 올라왔다. 내장이 움찔하며 반응했고, 내 시야는 순간적으로 흔들렸다. 어디선가 본 영상이 스쳐 지나갔다. 지면이 갈라지고, 보도블록이 솟구치고, 거북의 등처럼 뒤틀리는 그 장면. 나는 급히 자리에서 일어났다.

벽에는 두 점의 그림이 붙어있었다. 하나는 칼 라르손의 〈꽃이 있는 창문〉, 다른 하나는 풍경화였다. 욕조에 누운 벌거벗은 여인, 그리고 까마귀 떼. 과장된 부리, 왜곡된 비율, 이질적인 색채. 유리에 비친 내 얼굴은 그 그림처럼 일그러져 있었다. 나는 알아차렸다. 이 집은 나를 환영한 것이 아니었다. 기이하게 구조화된 환영幻影, 그리고 채영은 이미 그 구조 안에 있었다.

*

바깥에서 채영의 목소리가 들렸다. 수영 갈 채비를 마친 채영이 나를 불렀다. 나는 의자에서 몸을 일으켰다. 조금 전까지 바라보던 그림의 잔상이 아직 눈앞에 떠 있었다. 현관으로 향하던 나는, 하마터면 계단 옆의 제라늄 화분에 걸려 넘어질 뻔했다. 물에 뛰어들어야겠다는 생각이 들었다. 단순히 더위 때문이 아니라, 이 집이 뿜는 이상한 잔향, 즉 그 불온한 구조감을 씻어내고 싶었다.

채영 아빠는 마당에서 내 기척을 느꼈는지 과장된 웃음을 지으며 말을 건넸다.

"호영아, 너도 전에 채영이 할아버지 댁에 와봤었지?"

"네."

"집 뒤편 언덕 대나무밭 말이야."

"네."

대답이 짧았다. 그는 앞마당의 시누대 몇 가닥을 만지작거렸다. 시누대
는 울타리처럼 바투 붙어, 이 마을의 집들을 마치 밀림처럼 감싸고 있었
다. 길은 좁았고, 계단식으로 놓인 집들 사이엔 사람 하나가 간신히 지
나갈 만큼의 여유만 있었다. 댓잎이 바람에 흔들릴 때의 낮은 진동은 의
외로 정령처럼 다정했다. 한낮의 햇살 아래서도. 속삭이는 그 소리. 채
영 아빠 역시 그 소리를 듣는 듯, 잠시 말을 멈췄다.

"그냥 뒀다간 언덕 전체가 대나무에 잠식될 뻔했지. 근사미를 뿌릴까도
생각했었어."

"근사미요?"

이번엔 채영이 물었다. 아빠의 말에 실눈을 뜨던 그녀는, 정작 '근사미'
라는 단어에는 귀가 번쩍 뜨인 듯했다.

"뿌리면 대나무가 말라죽는 약이야. 일종의 농약이지."

채영은 잠깐 입을 삐죽거렸고, 금세 신발을 벗어 손바닥으로 털어내며
콧등을 찌푸렸다. 아마 깨진 시멘트 조각이라도 밟은 모양이었다. 그녀
는 투정 섞인 목소리로 물었다.

"아빠 왜 이런 시골이 좋아?"

그는 걸음을 늦추며 말했다.

"불편한 게 사람을 재충전시켜 주거든. 나는 어릴 적부터 섬을 떠도는 게 좋았어. 바다에서 자맥질하며 놀던 기억도 있고. 도시 수영장 물은 어때, 채영아?"

채영은 아무 대꾸 없이 백일홍을 쓰다듬었다. 코끝을 풀잎에 가져다 대며 딴청을 피우더니, 작게 중얼거렸다.

"수영장 물은…… 병원 냄새가 나."

그 말은 어딘가 단호했고, 그의 얼굴에 살짝 그늘이 졌다. 그는 다시 걸음을 옮기며 대나무 이야기를 이어갔다. 인터넷을 뒤져봐도 별다른 방도가 없더라며, 낫으로 베어내기엔 양이 너무 많았다고 했다. 그러면서도 근사미를 쓰는 건 마음이 내키지 않았다고 덧붙였다. 그는 울타리처럼 죽은 대나무 밭을 상상만 해도 괴로웠다고 했다.

나는 혼잣말처럼 말했다.

"대숲 소리, 복잡하지만, 꼭 나쁘지는 않아요."

그는 멈춰 서더니, 고개를 돌려 내게 물었다.

"그래, 호영이 넌 소리에 민감했지? 그게 불편하진 않아?"

"불편하죠. 심지어 조용해도, 그 조용함 안에 숨어있는 게 있어요."

그의 눈빛이 짙어졌다.

"나는 개인적으로 통신 기술의 발전을 기대하고 있어. 그럼 언젠간 QR 코드처럼 감각 체계를 분석하는 앱도 나오지 않을까 싶다. 시각, 청각,

후각까지……."

"그래서 대숲은 어떻게 하셨어요?"

내가 화제를 돌리자 그는 짧게 웃으며 말했다.

"포클레인 불렀지. 뿌리째 걷어냈어. 지금 생각하면 몸통은 남겨둘 걸 그랬나 싶어. 가지만 쳐내면 그림자도 나쁘지 않았을 텐데."

그는 절벽 아래로 뻗은 집들을 바라보며 말을 이었다. 대나무. 왜 사람들은 다른 나무에 비해 대나무에 유독 집착하는 것일까. 나는 대나무에 대한 이런저런 소리들을 떠올렸다.

"저희 할아버진 대나무를 싫어하세요. 전쟁 때 기억 때문에요."

나의 말에 그는 조용히 고개를 끄덕였다.

"그럴 수 있지. 시누대 밭은 때로 참 숨 막히지. 바람 한 점 들지 않아."

채영 아버지는 파란 반바지에 흰 티셔츠 차림이었다. 검게 그을린 다리, 건강한 몸, 도시 남자보다 더 도시적인 인상이었다. 그 반바지는 내가 신은 삼색 슬리퍼를 연상시켰고, 그와의 차이에 나는 부끄러움을 느꼈다. 채영이 흰 랩 원피스를 가다듬으며 모자를 눌러썼다. 햇살은 그녀의 쇄골을 타고 금빛을 흘렸다. 나는 그 순간, 마치 그림 속 여인이 캔버스 밖으로 걸어 나온 것 같은 기시감을 느꼈다. 뼈의 아름다움이란 게 있다면, 그것은 쇄골일 것이었다. 그녀의 손목엔 고동색의 투박한 팔찌가 걸려있었고, 그것은 쇄골 아래로 스치듯 미끄러졌다. 그게 순록 뿔이라는 것을 나는 다음 날에서야 알았다.

우리는 가파른 경사길을 따라 천천히 내려갔다. 절벽과 나란한 좁은 골목, 잡초가 무성한 빈집, 드문드문 보이는 현지인. 그들은 이 마을을 떠나지 못한 몇 안 되는 원주민이라고 했다. 채영 아빠는 우리가 머무는 집이 거의 신축에 가깝다며, 여름용 세컨드 하우스로 만들면서 꽤나 비용이 들었다고 했다.

"어릴 땐 대밭에 들어가 놀곤 했는데, 지금은……."

"저도 가봤어요. 새의 둥지 같은 구조, 정말 신기하더라고요."

내 반응에 채영이 끼어들었다.

"맞아. 특이한 건축 구조야. 재밌 같지 않아?"

"재밌?"

재밌? 내가 되묻는 순간, 우리 발밑으로 펼쳐진 해변이 시야를 가득 채웠다. 마치 누군가가 갑작스레 대화를 멈추고 조명을 전환시킨 듯, 풍경의 온도와 감도가 급격히 바뀌었다. 그곳은 지도에서는 굳이 표기하지 않는, 해안절벽에 숨듯 자리한 작은 만灣이었다. 길게 뻗은 테트라포드 방파제 끝에 낚싯대를 드리운 사람 둘이 멀찌감치 보였고, 그 외엔 아무도 없었다. 이방인조차 얼씬하지 않는 장소. 자연의 무수한 소리들과 우리의 대화만이 존재할 듯한, 무인도의 예감이었다.

50에서 70헤르츠 사이의 일정한 주파수가 바람에 녹아들며 고막을 간지럽혔다. 진동은 세반고리관을 지나 뇌수에 파동을 일으키고 신경세포를 깨운다. 낮은 주파수는 부드럽고 따뜻해서 마음이 평화로웠다.

채영은 모래 위에서 신발을 벗어 손에 들었다. 그러고는 입가를 올려 소리쳤다.

"와, 진짜 좋다! 너무 시원해!"

조금 전까지의 묘한 긴장감이 거짓말이었던 것처럼, 그녀는 가볍게 뛰어가듯 파도 앞으로 다가갔다. 모래는 발자국마다 눌려 물컹했고, 그녀는 여름 햇살 아래서 랩 스타일의 흰 원피스를 풀었다. 그 아래, 어두운 네이비 색 수영복이 드러났다. 머리끈을 풀어 느슨하게 늘어뜨린 머리칼 사이로 바닷바람이 흘러들었다. 그녀는 아주 자연스럽고 단단한 동작으로 스트레칭을 하더니 이내 물속으로 걸어 들어갔다. 수면은 그녀의 허벅지를 거쳐 허리, 그리고 가슴 언저리까지 천천히 올라왔다. 어느새 나는 숨을 참고 있었다. 멀리 부표 근처에서 헤엄치는 채영 아빠의 모습이 보였다.

나도 뒤따라 파도 가까이 다가갔다. 수면 아래 움직이는 채영의 다리와 파도 위로 흔들리는 머리칼, 그 사이에서 번뜩이는 무언가에 눈이 갔다. 그녀의 손목. 고동빛의 팔찌가 햇살을 받아 반짝였다. 그건 보석도 아니었고 금속도 아닌데 이상하게도 눈을 떼기 힘들었다. 물방울 몇 개가 팔찌에 튀었고, 그 반짝임이 허공에 작은 기하학무늬처럼 퍼졌다. 한순간, 그 장면이 이질적으로 다가왔다. 마치 무속인의 무구가 파도를 가르며 허공을 휘젓는 듯한 기시감.

"호영아!"

불쑥 다가온 채영이 내 이름을 부르며 나를 향해 손을 내밀었다. 파도는 종종걸음으로 다가왔고, 그녀는 재빨리 내 손목을 잡고 확 끌어당겼다. 나는 비틀거리며, 다양한 어조로 중얼대는 파도에 몸을 맡겼다. 그 순간, 발끝에 무언가 미끄러운 게 감겼다. 해초였다. 얇고 긴 줄기 하나가 내 발목을 휘감고 있었다. 나는 반사적으로 몸을 움찔했고, 물이 코로 들이치면서 머릿속이 찌릿하게 아려왔다.

거품을 밀쳐내며 수면 위로 고개를 들었을 때, 그녀가 내 앞에 있었다. 젖은 머리카락이 쇄골에 딱 붙어있었고, 물기를 머금은 눈이 햇살에 반사돼 일시적으로 흐릿하게 보였다. 그녀는 숨을 들이켰고, 그와 동시에 내 안의 무언가가 무너져 내렸다. 나는 손을 들어 그녀의 머리칼을 쓸어 넘기고 싶었다. 아무 말도 하지 않은 채, 아주 자연스럽게.

충동은 예상보다 빠르게 움직였다. 나는 아주 짧은 동작으로, 아주 가볍게, 그녀의 뺨에 입을 맞췄다. 따스했고, 소금기 섞인 살 내음이 뺨을 스쳤다. 그 순간, 파도가 밀려왔다.

몸이 균형을 잃었다. 내가 밀렸고, 그녀가 밀렸다. 그리고 내 입술은 방향을 잃은 채, 그녀의 쇄골 바로 아래 움푹 팬 부위에 닿고 말았다. 가벼운 키스는 엉뚱한 자리로 미끄러졌고, 그것은 사고처럼 느껴졌다. 그러나 그 촉감은, 너무도 명확했다. 나는 몇 초 동안 고개를 들 수 없었다. 그 자리에 입술을 붙인 채 멈췄다. 도망칠 타이밍조차 흐려졌다.

겨우 고개를 들고 나서야, 나는 겨우 입술을 떼고 아주 작은 목소리로 말했다.

"미안해."

파도는 다시 아무 일 없었다는 듯 밀려와 우리의 발목을 감쌌다.

해가 기울 무렵이었다. 고기 익는 냄새가 거의 의식처럼 정원 공기를 장악했다. 원목 테이블 옆에 놓인 바비큐 그릴에선 숯불이 잦아들며 간헐적인 파열음을 냈다. 앞쪽으로는 높게 자란 시누대 잎이 조망을 가리고 있었고, 바람에 일렁이는 댓잎 소리가 쉬익, 쉬익, 마치 오래된 라디오의 주파수를 튜닝할 때 들리는 잡음처럼 너울거렸다. 그 순간 거실 벽에 걸린 그림이 떠올랐다. 댓잎들이 흔들리는 방향과 그림 속 여인의 머리칼이 흘러내린 방향이 묘하게 겹쳤다. 사위가 어스름해질수록 대숲의 소리는 점점 더 응집되고, 은밀한 귓속말처럼 변했다.

채영 아빠는 숯불을 다루는 솜씨가 능숙했다. 불판 위에서 삼겹살이 지글지글 익어갔고, 숯에 떨어진 돼지비계가 일으킨 불꽃은 순식간에 그의 집게에 제압됐다. 노란빛 잔디등이 하나둘 켜지고, 흐린 구름 사이로 달빛이 조심스럽게 내려앉았다. 나는 파라솔을 정비하고 채영이 있는 쪽으로 향했다. 그녀는 주방에서 상추와 깻잎을 씻느라 분주했다. 나는 무심한 듯 그 옆에 서서 채소가 잠긴 물 표면을 바라봤다. 아까의 어색한 장면이 다시 떠올랐다. 하고 싶은 말이 목까지 차올랐지만, 빠르게 가라앉았다.

채영은 짐짓 모른 체하며 자신의 어깨를 내 팔에 툭 치고는 웃으며 말했다. "너, 살 좀 찌워야겠다." 그 말이 의외로 나를 안심시켰다. 그녀는 고등학생이라고 하기엔 감정의 밀도나 반응의 여백이 컸다.

테이블 위에는 미리 구운 고기, 쌈 채소, 마늘, 소스류, 그리고 병맥주와 탄산음료가 조촐하면서도 풍성하게 놓여있었다. 우리는 나란히 앉아, 고기를 굽는 채영 아빠를 바라봤다. 모기들 소리가 영역을 넓히자 그는 모기향에 불을 붙였고, 손쉽게 탄산음료를 유리잔에 따라 우리 앞에 내밀었다. "우리 건배할까?" 그 말이 나오자 채영이 먼저 나를 바라봤고, 나는 고개를 끄덕였다.

"우정과 사랑, 호영이 앞으로 들을 영원한 소리를 위하여."

그의 목소리는 전보다 조금 낮았고, 그 무게는 어쩐지 이상했다. 채영은 분위기를 바꾸려는 듯 웃으며 반문했다. "아빠, 건배사 너무 무겁다." 그 순간 날벌레 하나가 그의 눈앞을 스치자, 채영 아빠는 손을 들어 그것을 낚아챘다. 움직임이 믿을 수 없을 만큼 빨랐다. 나는 놀라 움찔했고, 그는 웃으며 수습하듯 말했다. "그럼, '사랑의 소리'는 어때?"

내 말은 끼어들 틈이 없었다. 그것은 부녀지간의 농담이었을까, 아니면 농담이 흔히 그렇듯 진심일까. 채영 아빠는 직업이 외교 공무원이라 했지만, 어딘가 규격화된 삶과는 동떨어진 인상이었다. 짧게 자른 옆머리, 손질하지 않은 듯한 머리카락, 그리고 몸의 선이 말해주듯 그에게 '관리된 몸'은 체계보다는 습관 같았다.

채영은 쌈 하나를 정성스레 싸서 그의 입에 넣어주었다. 채소들이 내는 소리가 조금씩 부드러워지고 나서야, 나는 오이 한 조각을 집어 우적우적 씹었다. 입안에 퍼지는 신선한 향이 감정을 가라앉혔다. 그러나 기분은 쉽게 정돈되지 않았다. 감각은 퍼지고, 퍼진 감각은 연결되지 못한 채 해체됐다. 후각, 청각, 감정, 그리고 무언가 이름 붙이지 못한 상태들. 우울, 불안, 낯섦이 뒤엉켰다.

"호영아, 소리가 무엇을 구체화하는지 아니?"

느닷없이 채영 아빠가 물었다.

"네?"

"네가 이야기하던 주파수 말이야. 그건 결국 감정을 신호화하는 거야. 각기 다른 주파수가 사람 마음을 건드리지. 금방 나는 네 얼굴에서, 눈깜빡임에서, 그런 소리를 들었거든."

"그게…… 어떻게요?"

"파도 소리, 낙엽 소리, 그런 것들엔 채널이 있어. 사랑이라는 단어도, 사실은 미美의 채널화된 주파수에 반응하는 거지. 네가 좋다고 했던 대숲 소리도 마찬가지고."

그는 잠시 말을 멈추었다가 덧붙였다. "가끔은 그것들을 정확히 기억하고 싶다는 생각을 해. 감각을 데이터로 변환해 저장할 수 있다면, 너도 알겠지. 어떤 감정이 언제 어떻게 발화됐는지."

"그래서…… 건배사가 '사랑의 소리'였어요?"

그는 웃지 않았다. "실은…… 이 마을에서 시누대 소리에 이끌려 절벽 아래로 떨어진 사람이 있다더라. 외지인이었대. 테트라포드 방파제에서 만난 낚시꾼이 말해줬지."

"정말요?" 채영이 놀란 목소리로 끼어들었다.

"광고에서도 그런 게 있었잖아. 대숲을 배경으로 한 광고. '또 다른 세상을 만날 땐, 잠시 꺼두셔도 좋습니다.'"

"아빠 별걸 다 기억하네. '또 다른 세상'?"

채영의 말은 마치 자신의 질문인지, 혼잣말인지 알 수 없을 정도로 가볍고 느슨하게 흘렀다. 하지만 그 안에는 무언가 걸려있었다. '또 다른 세상'이라는 말이 입안에서 맴도는 순간, 마치 그것이 파문처럼 주위를 감싸는 것 같았다. 바람에 흔들리는 시누대 소리가 그 단어를 공명시키는 듯했다.

그림이 떠올랐다. 거실 벽면에 걸려있던 그 풍경. 등허리까지 내려온 검은 머리를 한 여자가 큰 바위에 걸터앉아 있었고, 그 옆에는 어떤 소리도 없이 벌어진 침묵이 있었다. 나는 그 그림 속 여자를 다시 떠올렸고, 순간 시누대 잎의 파동이 그녀의 머리칼처럼 흘러내리는 것을 느꼈다.

'시누대 잎 소리에 홀려 절벽 아래로 떨어진 여자.'

그 말은 농담처럼 들리다가도, 어딘가에 깊숙이 박혀 지워지지 않았다. 프레임 안에 갇힌 그림과 지금 우리가 있는 이 정원, 바다 너머에서 밀려오는 파도 소리 사이에는 분명한 단절이 없었다.

그림 속 여인은 세이렌이었다. 신화 속 남자들을 홀려 죽음에 이르게 한 존재. 하지만 그녀는 두 번 실패한다. 오디세우스는 귀를 막고 노를 저었고, 오르페우스는 자신의 노래로 그녀를 밀어냈다. 버림받은 세이렌은 자살한다.

나는 나 자신이 어디쯤 위치해 있는지를 상상했다. 나는 소리에 홀린 사람이었고, 동시에 그것에 저항하려는 자였다. 어느 쪽이든, 결말은 정해져 있는 듯했다. 죽음. 그 생각이 내 마음에 얇은 얼음막처럼 번졌다. 나는 그 막을 깨뜨릴 수도, 두드릴 수도 없는 채로 있었다. 세상은 이쪽과 저쪽으로 나뉘어있지 않았다. '또 다른 세상'이라는 말은 단지 새로운 장소가 아니라, 감각의 접점이 어긋나는 순간을 말하는 것 같았다. 나의 귀, 눈, 피부, 마음 그 모두가 동시에 어디론가 밀려가고 있었다.

그러나 신화는 결국 신화다. 시누대 소리에 홀려 죽었다는 여자의 이야기는 허무맹랑해 보이기도 했다. 하지만 괜한 이야기를 지어냈을 리는 없었다. 누군가는 실제로 들었고, 또 다른 누군가는 그것을 믿었다. 신화는 그렇게 전파되었다. 마치 주파수처럼.

식탁 위 음식은 하나둘 사라졌고, 이빨이 부딪치는 소리, 침을 넘기는 소리가 그 여백을 채웠다. 우리는 당근을 씹고, 참외를 삼키고, 수박을 베어 물었다. 대화는 숯불처럼 잦아들었지만, 침묵은 오히려 안정적이었다. 파도 소리는 멀어졌고, 잔디등의 불빛은 희미해졌다. 우리는 별을 바라봤고, 빛은 그저 거기에 있었다.

그사이, 나는 하나의 사실을 알아차렸다. 무언의 합의처럼 스며들었던 어떤 결정. 채영과 아버지는 곧 이곳을 떠날 예정이었다. 그는 다음 달 러시아로 완전히 건너간다고 했다. 잦은 출장, 지친 일상, 그리고 곧 입시에 들어갈 채영을 생각한 결정이었다.

그리고 또 하나. 이태 전, 채영 엄마가 갑작스럽게 세상을 떠났다는 사실. 나는 그 이야기를 할아버지에게 들었고, 채영은 그것에 대해 끝내 입을 열지 않았다. 묻지 않는 것만이 유일한 예의라는 걸 그녀도 알고 나도 알고 있었다.

마지막으로 그가 말했다.

"자리 잡으면, 널 데리러 올 거야."

그 말은 낮게, 확신처럼, 파도도 바람도 잠시 멈춘 듯한 순간에 내려앉았다. 잔잔한 주파수, 한없이 조용한 명령처럼.

*

원장이 '소리꿈 노트'에 펜으로 뭔가를 끄적이다가 멈칫하더니, 차분하게 내 이름을 부른다. 그리고는 부드러운 음성으로 나를 감싸듯 말을 꺼낸다.

"할아버지 사십구재가 언제라고 했지요?"

"172시간 8분이 지나면…… 9일 남았네요."

"할아버지와 부모님에 대한 기억을 다시 소환해 봅시다. 마을에 화재가 발생했던 날, 호영 씨는 아팠다고 했죠?"

"아픈 게 아니었을지도 몰라요. 할아버지 말로는 제가 온종일 울어서 아프다고 생각하셨대요. 큰불이 난 건 울다 지쳐 쓰러지고 나서 얼마 안 있다가…… 불길이 솟은 거고요."

"할아버지는 월남전 참전한 국가유공자라고 하셨죠?"

"네, 맹호부대 출신인 걸 항상 자랑스럽게 여기셨어요."

"그렇군요."

"할아버지 집 비밀번호는 군번 앞자리 숫자 네 글자였어요……."

돌아가신 할아버지를 떠올리자 목이 메어 더는 말을 잇지 못했다. 국가는 목숨을 인질로 삼아 할아버지에게 폭력을 행사했다. 전쟁은 할아버지의 모든 것을 앗아갔다.

베트남 전쟁에서 돌아온 할아버지에게는 늦둥이 딸이 하나 있었다. 그러니까 아버지와 여동생 사이에 남동생이 하나 더 있었지만, 아주 어릴 때 열병으로 죽어 여동생과는 나이 차가 컸다. 고엽제로 얻은 병으로 인해 성한 자식이 하나 없다면서 한탄하던 할머니는 암으로 일찍 세상을 떠났다. 시집갔던 고모는 조울증으로 입원과 퇴원을 반복하다 신내림을 받고 무속인이 되었고, 그 후로 증세가 사라졌다고 했다.

그런 가족사의 비극을 들은 날은, 내가 스무 살이 되기 사흘 전이었다. 그 이야기를 듣고 나니 엄마와 아버지에 대해 묻는 일이 두려워졌다.

'성한 자식 하나 없다'라는 할머니 말씀이 유독 신경 쓰였던 건 바로 그런 이유에서였다. 아버지는 대체 무엇이 성하지 않았을까. 할아버지에게서 무슨 말을 듣게 될지 몰라 불안해졌다. 솔직히, 차라리 아무것도 듣지 못하도록 더 불안해졌으면 하는 생각도 있었다.

그 후로 할아버지는 고모 이야기를 다시 꺼내지 않았고, 내게도 입 밖에 내지 말라고 당부했다. 하지만 정작 본인은 가족에게 닥친 이런 기이한 불행을 마치 남 일처럼 여기며 살아왔다.

"고엽제 후유증으로 고통 속에서 할아버지는 단 하루도 자유로운 날이 없었어요."

나는 착잡한 심정에 말문을 열기 어려웠고, 원장은 숨소리를 죽인 채 기다렸다.

"전쟁통에 할아버지는 한쪽 귀를 잃고 청력도 상실했어요. 나머지 귀도 잘 듣지 못하셨고요. 세상은 불공평해요. 전 불필요한 소리까지 듣느라 고통 속에 살고, 할아버지는 그 반대였죠."

"그랬군요."

"인공와우 수술을 해드리고 싶었어요. 제 목소리를 들을 수 있게요."

"그 이유가 전부인가요?"

"묻고, 듣고 싶었던 게 하나 있긴 했죠. 직접 듣고 싶었던……. 그 용기는 스무 살이 넘어서야 났어요."

"뭘 묻고 싶었나요?"

나는 말 없이 고개를 숙인다.

"힘들면 지금 얘기하지 않아도 돼요."

나는 머뭇거리다 말한다.

"돈을 많이 벌어야 했어요."

"……."

"인공와우 수술은 4천만 원쯤 한다더라고요. 당장은 엄두도 못 냈어요. 할아버지는 TV 앞에 앉아 러시아와 우크라이나 전쟁 상황을 물끄러미 지켜보시곤 했어요. '그래, 그랬지. 포로로 잡는 게 우선이 아니라, 무조건 쏴 죽이는 거였어.' 흐흐흐……. 할아버지 웃음소리는 울부짖는 짐승 같았어요. 때로는 고라니처럼 꺼억꺼억 울기도 했고요. 그 무렵부터 기억력이 급속히 나빠졌어요. 뇌가 물컹해지고 있다면서……."

"호영 군! 자네 말일세."

갑자기 호칭이 바뀐다. 내 아버지가 있다면 이런 말투를 썼을까? 싶어 쓸쓸하게 웃음이 나온다. 나는 원장을 바라본다. 정작 원장은 팔짱을 끼고 한참 생각에 잠긴 듯하다.

"자네 말일세, 프로젝트에 참여해볼 생각 없나?"

"무슨 말씀이시지요?"

"의학과 과학 분야의 학자들이 공동으로 연구하는 프로젝트야."

"글쎄요……."

"암세포 연구 같은 것도 있지, 자네가 얘기하는 그런 주파수를 찾는 과정이야."

"네, 그럴 수도 있겠죠."

"자네의 말이 맞아. 이제 우리 몸속 진동에 더 많은 관심을 가져야 할 때야. 호영 군! 자네는 이미 청각 기능에서 남다르지 않은가 말일세. 임종을 앞둔 사람에게 마지막까지 남는 감각이 뭔지 아는가? 청각이야."

의사의 그것이라기보다, 강단에서 열변을 토하는 학자의 낯. 나는 그에게서 뿜어져 나오는 열정에 천천히 동화되고 있다. 최면에라도 걸린 듯, 그가 고개를 끄덕이면 나도 끄덕이고, 그가 눈동자를 움직이면 나도 따라 움직인다. 전이. 하지만 그런 강한 교감의 첫 경험은, 그러나 나쁘지 않았다.

"느낌이나 움직임…… 우리는 호흡을 합니다. 그럼 어떻게 됩니까? 시냅스를 통해 흐르는 뇌와 신경계의 전기적 신호들이 활동합니다. 정전기 같은 찌릿한 느낌, 잘 알지요? 누구보다."

원장의 목소리는 점점 고양되었다. 나는 숨을 들이켰다가 조심스럽게 내쉬며 그의 말을 놓치지 않으려 애썼다.

"더 깊이 들어가면 세포에 작용하는 신경전달물질, 생화학적 반응의 미세한 움직임도 포착할 수 있습니다. 수천, 수만 번의 시약을 넣고 관찰해서 얻게 되는 미세 패턴, 그 안에 존재하는 겁니다. 식물의 주파수가 8에서 14헤르츠 사이로 분류되는 것처럼요."

그의 말은 실험실 안의 정적과 희미한 피펫 소리마저 상기시킨다. 나는 무언가 떠오를 듯 말 듯한 감각에 입술을 조금 벌리고, 조용히 말한다.

"……모기는, 17킬로헤르츠를 싫어하죠."

내가 꺼낸 그 한마디에 원장은 목을 뒤로 젖히며 호쾌하게 웃는다. 일부러 크게 웃으려 애쓴 듯한 웃음. 그의 안에 있는 과학자적인 유머 감각은 이해와 위트 사이의 간극을 교묘히 메우는 기술이다.

"호영 군! 폴터가이스트 현상이라는 걸 들어봤나요?"

"……아뇨."

그는 두 번째로 나를 '군'이라 불렀다. 그 호칭이 불편하지 않았던 건, 어쩌면 나도 이미 그와의 거리 안으로 들어와 있었기 때문일 것이다. 그의 목소리는 어느덧 단단한 벽에 반사되어 돌아오는 듯한 울림을 가졌고, 나는 그 울림을 따라 점점 깊은 내면으로 끌려 들어간다.

"귀신이나 혼령을 본다든가, 아니면 물체가 저절로 움직인다든가, 설명할 수 없는 기이한 현상이 그것이지요. 일반적으로는 청소년기, 혹은 사춘기를 겪는 아이들에게 많이 나타납니다. 뇌에서 왕성한 전기적 활동이 일어나는 시기죠. 그 전기적 장들이 꽤 멀리 떨어진 공간까지 영향을 준다는 보고도 있어요."

나는 그 말들이 단순한 이론의 나열이 아니라, 나를 향한 일종의 해석이자 해방의 언어로 들려 마음이 복잡해진다. 그는 계속해서 말을 잇는다.

"그러니까 내 말은…… 소리에 너무 불안해하지 말라는 겁니다. 호영 군은 나이가……?"

"스물일곱이요."

"그렇죠, 그래요. 오늘은 여기까지 하죠."

그는 안도와 동시에 무언가 결정된 듯한 표정으로 자리에서 살짝 물러난다. 나도 모르게 숨을 깊게 들이쉰다.

"내가 제안한 프로젝트는 지금 당장 답을 주지 않아도 됩니다."

"네."

"아, 참…… 트랜지스터라디오 말입니다."

나는 살짝 고개를 든다. 그가 말하려는 바를 이미 알고 있었기 때문일까, 아니면 이제 말이 필요 없다는 기분 때문이었을까. 나는 낮게 중얼거린다.

"……무슨 말 하시려는지 알아요."

"애도는 그것으로 충분해요."

그는 마지막 말을 조용히, 그러나 명확하게 마무리한다. 나는 속으로 시간을 계산한다.

"172시간 8분 뒤에는…… 저도."

"지금 중요한 건 호영 씨, 자신이에요."

나는 고개를 천천히 끄덕이며 입을 연다.

"그렇죠. 50에서 70헤르츠 사이만큼."

바이크 사운드

영상센터 '오재미동'에 간 건 단지 영화학원 과제를 위한 목적이었다. 단편 영화를 보고, 정해진 마감 시한까지 감상문을 제출해야 했다. 그곳에서 기주를 마주칠 거라곤 상상도 못 했다. 물론 영화라면 기주가 빠삭하긴 했다. 영상센터 이름이 좀 묘하지 않느냐고 물었더니, 기주는 입을 삐죽 내밀고는 "오! 재미 동." 하고 코끝을 찡긋하며 표정을 일그러뜨렸다. '존나 웃긴다 새꺄.' 하고 머리통을 한 대 후려치고라도 싶었지만, 우린 아직 그럴 정도로 친하진 않았다.

〈빈 강의〉라는 단편은 8분 남짓한 길이였다. 빈 강의실에 혼자 남은 인물이 등장하고, 그는 어딘가로 향한다. 화장실 변기 뚜껑에 앉아 도시락을 먹고 있는데, 칸막이 아래로 누군가의 손이 들어와 휴지를 건넨다. 이에 답하듯 주인공은 풍선껌을 내민다. 그렇게 둘은 친구가 된다. 화장실에서 도시락을 먹는다는 설정이 과장된 건 아닌가, 고개를 갸웃거리며 영화를 보았다.

하지만 과제는 냉정했다. 등장인물의 동선 분석, 촬영 공간의 특징, 플리커 현상(빛의 깜빡임)을 막기 위한 조도 설계, 화장실 특유의 소음을 어떻게 통제할 것인가 등, 현실적 질문이 쏟아졌다. 프리 단계에서 아무리 세부적으로 계획한다 해도, 촬영 현장에선 예외와 돌발 상황이 수시로 벌어진다. 영화란 건 생각보다 훨씬 무거운 작업이었다. 특히나 미디어 허브 같은 곳에선 모든 걸 자체적으로 해결해야 하니까, 마치 직접 도끼를 깎아 장작을 패는 격이라고나 할까. 나는 지쳐 목을 뒤로 젖히고 의자에 기댔다. 그 무렵부터였다. 귀 안에서 빠아아앙, 우우웅— 하는 저주파가 진동하기 시작한 게.

기주는 아카이브 전시공간 한쪽에서 영화 관련 서적을 훑고 있었다. 나도 모르게 시선이 그의 귀로 향했다. 두툼한 귓불을 가진 기주는 가끔 귀 전체를 미세하게 꿈틀거리곤 했는데, 습관인지 아니면 착용한 이어폰 때문인지 알 수 없었다. 둘 다일 가능성이 크다. 그는 노이즈 캔슬링 이어폰을 늘 끼고 있었고, 음악이며 통화며 영상 시청까지 전부 그 이어폰으로 해결했다. 기주가 귀를 닫고 지내는 이유는 나중에야 알게 되었지만, 처음엔 대인기피증인가 싶기도 했었다.

나는 기주 옆에 나란히 서서 《필로》라는 영화 정기간행물을 집어 들었다. 무심코 펼친 페이지에는 하마구치 류스케 감독 인터뷰가 실려있었고, 〈드라이브 마이 카〉의 흑백 스틸컷이 한 면을 차지하고 있었다. 머리가 무겁고 귀가 예민해진 상태에서 활자는 눈에 들어오지 않았다. 나는 사진만 넘기고 잡지를 제자리에 꽂았다. 그때 기주가 말을 걸어왔다.

"영화 봤어요?"

그는 여전히 책에 시선을 둔 채, 낮고 조심스러운 목소리로 물었다. 당황한 나는 기주가 묻는 게 과제 영화인지, 방금 본 잡지 속 영화인지 분간이 되지 않았다. 그런 상황에서는 말보다 표정이 낫다. 나는 멋쩍게 웃으며 눈을 마주쳤고, 기주는 귀에 꽂힌 이어폰을 슬며시 건드렸다.

"우리 이런 데 처박혀서 되도 않는 글 쓰지 말고, 지상으로 올라가요."

나는 고개를 끄덕이며 따라나섰다.

기주는 나보다 열일곱 달 먼저 태어난, 영화광이었다. 얼마 전 우연히 그의 노트북 화면을 본 적이 있다. 바탕화면은 온통 영화 파일로 가득했고, 그중에서도 '흑백무성'이라는 이름의 폴더가 유독 눈에 띄었다. 나는 궁금한 게 많은 성격이라, 기주와 함께하는 시간이 조금씩 기대되기 시작했다. 서브웨이나 김가네 같은 분식집에서 대충 요기를 한 뒤, 조용하고 괜찮은 장소를 함께 찾아다니는 일도 나쁘지 않을 것 같았다.

노트북을 백팩에 욱여넣듯 밀어 넣었다. 기주는 그런 내 모습을 말없이 바라보다가 입꼬리를 살짝 올렸다. 장난기 어린 웃음이 볼 위로 퍼졌고, 웃을 때마다 팬 볼우물 덕에 귀여운 인상이 배어났다. 자세히 보니 훈훈한 얼굴이었다. 어느새 기주는 출입구 쪽으로 성큼성큼 걸어가고 있었다. 지하철 굉음이 발바닥을 뚫고 정수리를 찌르듯 올라왔다.

"어땠어요?"

출입문을 나선 순간, 기주가 불쑥 물었다.

"아, 네…… 뭐…… 가요?"

나는 멍한 정신으로 말끝을 흐렸다.

"뭐긴요? 과제 영화, 〈빈 강의〉 말이에요. 안색이…… 안 좋아 보이는데. 괜찮아요?"

기주의 목소리에는 걱정이 묻어있었다.

"항상 귀가 문제죠."

내가 대답을 끝내기도 전에, 기주가 재빨리 물었다.

"귀가 왜요?"

나는 여기서 끊어야겠다는 생각이 들었다. 불행 이야기는 시작하면 끝이 없고, 끝난 줄 알면 다시 시작된다. 대신 다른 화제로 넘어갔다.

"아까 들었던 음악, 리스트죠?"

"맞아요! 근데 그걸 어떻게 알았어요?"

"들렸거든요."

"소리 컸어요?"

"아뇨. 오히려 작은 소리가 더 잘 들려요."

"진짜 신기하네요."

"사실 나도 리스트 3번, 좋아해요."

"네, 맞아요. 그거, 3번!"

"비트겐슈타인 공작부인과 사랑에 빠졌을 때 작곡한 곡이죠. 원래 화려한 작곡가로 알려져 있지만, 그 곡은 녹턴처럼 잔잔하고…… 누군가의 마음을 조심스럽게 다독이며 '괜찮다, 괜찮아' 하고 말해주는 느낌이 들어요. 제목이 뭐였더라……."

"〈위안〉이에요. '위로'도 되고…… 호영 씨, 진짜 섬세하네요."

사람들의 발걸음이 개찰구를 향해 몰렸고, 지하철 진동이 발바닥을 때리다 못해 머릿속을 울렸다. 웅성거리는 소리, 뒤섞인 방송, 번쩍이는 타일 장식들. 타일에는 얼마 전 세상을 떠난 강수연을 비롯해 이름만 들어도 알 만한 배우들의 얼굴이 촘촘히 박혀있었다. 보통 사람들도 대화하기에는 성가시다고 느낄 장소였다.

"우리, 조용한 데 가서 얘기해요."

맥 빠진 목소리로 기주에게 말했다.

우리는 에스컬레이터를 타고 지상으로 향했다. 옆에는 백팩을 멘 학생들, 출근 중인 젊은이들이 이어폰을 귀에 꽂은 채 서 있었다. 그들은 모두 소리를 걸러내고, 나는 온몸으로 받아내는 중이었다.

*

기주와 나는 횡단보도를 건넜다. 빠르지 않은 걸음으로 나란히 걷다 보니, 어쩌다 팔꿈치가 부딪혔다. 동시에 멈춰 선 우리는 순간적으로 서로의 팔을 움켜쥐었다. 우연히 닿은 접촉이었지만, 묘한 친근감이 맴돌았다. 그러다 약간씩 떨어져 걷기도 했다. 기주는 종종 바지 주머니에 손을 넣었다. 이어폰을 만지작거리는 듯했다.

기주가 예전에 과제로 제출한 시나리오가 떠올랐다. 노이즈 캔슬링 이어폰을 낀 채 명동 거리에서 "도를 아십니까"를 외치는 여자와 마주치는 내용이었다. 나는 기주의 이어폰이 단순한 청각 도구 이상의 의미일

039

지도 모른다고 느꼈다.

"기주 씨는 이어폰 없이 못 사는 편인가요?"

"소음을 차단하고 싶어서요."

"차단이요?"

"네."

"그런데 음악도 일종의 소음 아닐까요?"

"글쎄요. 호영 씨는 좋아하는 장르 있어요? 알앤비, 저지클럽, 하이퍼팝, 케이팝, EDM……?"

"없어요. 나중엔 '장르'라는 말 자체가 사라질지도 몰라요."

"진짜 그렇게 될까요?"

"그럴 거예요. 예술 전반에서 말이죠. 특히 음악은 사람을 특정한 기분에 빠뜨리는 주파수의 축적이니까요."

기주는 "주파수의 축적"이라는 표현에 흥미를 느낀 듯 고개를 기울였다.

"440헤르츠에 맞춘 음악 산업은 돈이 되죠. 컬트 같기도 해요. 그 컬트적인 에너지, 이성을 잃게 만들잖아요."

"영화에서도 음악은 중요하죠."

기주의 말투가 단호해졌다. 대화가 다시 가라앉았다. 우리는 어느새 분식집 앞에 멈춰 서 있었다. 배가 출출하니 라면에 김밥이라도 먹자는 기주의 말에, 나는 고개를 가볍게 끄덕이며 따랐다. 말없이 걷는 기주의 어깨는 약간 안으로 말려있었고, 두 손을 뒷짐으로 엮은 채 한 걸음 한 걸음 느리게 내디뎠다. 이상하게도 그 뒷모습이 스산했다. 등 뒤에 얹힌 무언가가, 어쩌면 그의 기억이거나, 어떤 말 못 할 감정 같은 게 기척을 드러낸 듯했다.

김밥을 기다리며 자리에 앉자 기주는 불쑥 과거의 이야기를 꺼냈다. 군제대 후, 춘천에 있는 CGV에서 아르바이트를 했다는 이야기였다. 딱히 할 일도 없고, 무엇보다 영화를 공짜로 볼 수 있다는 생각에 덜컥 지원하게 되었다고 했다. 말은 가볍게 시작했지만, 표정엔 묘한 회색빛이 깃들어 있었다.

"공포영화 좋아해요?"

기주는 물컵을 들어 한 모금 마시며 나직하게 물었다. 낮게 깔린 기주의 음성이 식당 안의 사소한 소리들, 수저 부딪는 소리, 뒤편 테이블의 웃음, 팬이 돌아가는 웅웅거림 속에 섞였다. 나는 자연스레 손을 뻗어 스마트폰의 녹음 버튼을 눌렀고, 그것을 탁자 위에 조심스럽게 올려두었다. 기주의 목을 보았다. 뚜렷하게 솟은 목울대가 작은 움직임을 보이며 상하로 흔들렸다.

"근데 녹음 버튼은 왜 켰어요?"

그가 눈을 치켜들어 물었다. 아마 내가 바라보던 시선의 방향을 눈치챈 듯했다. 나는 조금 머쓱해져 머리를 긁적이며 대답했다.

"앰비언스(영화에서 사용되는 환경음)로 쓸 수도 있지 않을까 싶어서요."

기주는 눈을 가늘게 뜨며 웃었다.

"참, 준비성이 철저하시네요. 본 촬영까지 가려면 아직 넘어야 할 산이 많잖아요."

조금 전보다 훨씬 밝고 가벼운 말투였다. 한결 풀어진 분위기에 나도 작게 웃어 보였다.

"네, 그렇죠. CGV 알바 얘기 계속해 주세요."

나는 시선을 스마트폰에 둔 채 녹음이 잘 되고 있는지 확인했다.

기주는 다시 물컵을 두 손으로 감싸 들었다. 물속에서 작은 기포가 하나 떠올랐다가 터지는 걸 바라보다가, 그가 조용히 입을 열었다.

"필름으로 상영하는 영화가 있었거든요. 개봉 전에 이상 없는지 영사실에서 직접 돌려봐야 했죠. 그날도 새벽같이 일어나서, 아무도 없는 텅 빈 객석을 내려다보며 혼자 영사실에 있었어요. 음악은 으스스하게 깔리고…… 뭔가 이상하더라고요."

그는 물컵을 든 채 잠시 고개를 숙였다. 기억 속 어딘가로 빠져들 듯한 모습이었다. 식은 물 속, 잔잔히 떨리는 손끝이 컵에 반사된 조명과 함께 흔들리고 있었다.

"어떻게 됐는데요?"

나는 무심한 척 물었지만, 속으론 꽤 궁금했다.

"절반쯤 봤을 때였어요. 갑자기 화면에 하얀 줄 같은 게 가득 생겨나는 거예요. 완전 당황했죠. 이거 무슨 큰일 난 거 아닌가 싶어서 부장님한테 바로 전화했어요. 그분, 영화판에서만 60년 가까이 일한 분이에요.

스태프로 시작해서 뭐, 우리가 배우는 건 다 거쳐온 셈이죠."

기주가 말하는 사이 김밥이 나왔다. 나는 김밥 접시를 기주 쪽으로 밀어주었다. 정수기에서는 물이 졸졸졸 떨어지고, 헬멧을 벗은 배달원이 다급하게 주문을 확인하며 말을 섞는다. 전화벨 소리와 스마트폰 알림, 주방에서 볶음 팬 지글대는 소리, 출입문이 열릴 때마다 밀려드는 바깥 소음, 수저 달그락대는 소리까지, 그 모든 소리는 각기 다른 리듬으로 진동하며 귓가에 잔잔히 부딪혔다.

나는 녹음 버튼을 잠시 꺼두었다. 고요보다도 이 혼돈의 층위가, 어떤 의미에선 더 선명하게 느껴졌다.

기주가 김밥을 하나 집어 입에 넣고 우물거리며 말을 이었다.

"필름 1롤로 1초 찍는다네요."

"네? 진짜요?"

"네, 그랬대요. 언제였는지는 모르겠지만, 아무튼."

나는 어이없다는 듯 웃었다. "그럼, 4분만 찍어도 필름 값이 장난 아니겠네요."

"그러니까요. 15만 원 넘게 들었다더라고요."

"제작비 압박 꽤 심했겠는데요."

기주는 김밥을 한 번 더 입에 넣고 나서 입꼬리를 올렸다.

"근데 더 웃긴 거 뭔지 알아요? 슬레이트(촬영의 시작을 '딱' 소리로 알리는 기구. 전면에는 편집 과정에서 장면을 분류하기 위한 정보들이 기입된다) 늦게 치면 맞았대요. 돈 까먹는다고."

그 말에 그만 기주가 웃으며 입안의 밥알을 튀겨냈다. 다행히 빠르게 손으로 받쳐서 상황은 수습됐지만, 나도 모르게 웃음이 새어 나왔다. 그렇게 식사하며 나눈 말들은 영화 속 장면처럼 또렷하게 머릿속에 맴돌았다.

'필름 1롤이 1초 분량이라니.' 그 숫자 하나가 머릿속에서 계속 울렸다. '1헤르츠는 1초 동안의 진동수.' 자연스럽게 물리 개념과 겹쳐졌다. 그 안엔 셀 수 없는 이미지들이 깃들어 있었겠지. 그 생각은 곧 내가 집착하듯 바라보는 파동의 세계와도 맞닿아 있었다.

그때였다. 기주가 스마트폰을 열어보더니 혼잣말처럼 말했다.

"이번 주말에 단합대회 있네요."

나는 짧게, 건조하게 응수했다.

"네, 맞아요. 알고 있어요."

기주는 고개를 끄덕이며 다음 이야기를 꺼낼 준비를 하는 듯했다.

"화면 가득 찬 그 하얀 줄, 뭔지 알아요?"

기주가 다시 물었다.

"뭐였는데요?"

"빗물이요."

"……빗물이요?"

나는 되묻지 않을 수 없었다.

"천장에서 새고 있었던 거죠. 아무도 몰랐던 거예요."

기주는 말을 잇기 전에 잠시 숨을 고르듯 컵을 다시 들어 올렸다.

"화면 속 이상한 줄무늬 보고 영사실 내려갔다가, 객석 쪽으로 천천히 걸어갔어요. 그때, 빛이 흘러나오던 자리에서 먼지가 떠다니고 있었어요. 뭔가 몽롱하게…… 춤추듯. 멍하니 쳐다보는데, 그 순간은 진짜 감각이, 이성이고 뭐고 모든 걸 덮는 느낌이었어요. 정수리에 빗물이 떨어지고 있는데도 몰랐다니까요."

나는 그의 말을 조용히 받아 적듯 마음속으로 되뇌었다.

"덩어리에는 힘이 있죠. 얽혀있으니까요. 빛도 그렇고."

내 말에 기주가 살짝 고개를 끄덕였다.

"호영 씨는 촬영 맡았잖아요. 카메라 빛 잘 다뤄야 좋은 영상이 나와요."

"그렇긴 하죠. 근데 빛을 통제한다는 게 그렇게 쉬운 일인가요?"

"음, 그건 그래요."

기주는 한참 생각하다가 다시 입을 열었다.

"덴마크 감독인데…… 드레이어라고, 1948년에 흑백으로 찍은 단편이 있어요."

"기주 씨, 진짜 영화 오타쿠 맞네요."

기주가 웃었다.

"아까 호영 씨가 말했던 440헤르츠 이야기 듣고, 갑자기 그 영화 생각 났어요."

"제목은요?"

"그게…… 정확히는 기억 안 나요. 중학교 땐가, 되게 오래전이라…… 흐릿해요."

기주가 다른 얘기로 화제를 틀까 봐 무척 불안했다. 기주는 우리 기수의 반장이었고, 단합대회를 앞두고 누구보다 바빴다. 강의실 출입문 비밀번호도 기주와 조교만 알고 있었고, 그는 항상 가장 먼저 허브에 도착하곤 했다.

"그 영화, 뭐였죠?" 나는 조금 더 진지하게, 다그치듯 물었다.

기주는 천천히 고개를 들었다.

"바이크 타고 어디론가 달리는 장면만 계속 나와요. 속도감도 있지만…… 그보다도 어떤 스산함, 정적, 그리고 그게 되게 세련되게 느껴졌어요. 오래된 영화인데도."

"보고 싶어지네요."

"서사가 없진 않지만, 진짜 기억에 남는 건 사운드예요. 바이크 소리. 아까 호영 씨가 말했던 음악의 컬트성 있잖아요. 그거랑 좀 비슷해요."

나는 고개를 끄덕였다.

"그럴 수 있죠. 특정 멜로디, 노래 한 소절, 혹은 어떤 냄새…… 사람마다 그런 기억이 있어요. 소리도 마찬가지예요."

기주는 눈빛의 경도를 낮췄다.

"10분도 안 되는 짧은 단편인데요. 바이크 속도에 따라 배기통 소리가 커졌다 작아졌다 반복돼요. 근데 그게 어느 순간부터 점점 더 커지고, 막 심장을 조이듯이 몰아치는 거예요."

그는 자신의 가슴께를 조심스레 짚었다. 양손이 겹쳐진 그의 동작은, 그때 받은 감각을 되살리는 듯 조용하고 느렸다. 기주의 음성은 마치 다큐멘터리 내레이션처럼 높낮이를 타며 변했다. 몰입한 상태였다.

'바이크 속도에 따라 배기음이 커졌다 작아졌다 반복되었다.'

그 말이 자꾸 마음속에서 맴돌았다. 곱씹을수록 끌렸다. 그 끌림은 떨림으로 번졌고, 떨림은 나를 가만두지 않았다. 그 순간 나는 분명 기주에게 동조되고 있었다. 뇌의 신경 회로 어딘가가 번쩍하며 일렁였고, 폐 깊은 곳에서부터 찌릿한 감각이 피어올랐다. 전신이 떨렸다. 나는 그 떨림을 진정시키기 위해, 일부러 김밥을 오래 씹었다.

어금니가 부드럽게 눌러 밥알을 으깨고, 침 속의 효소가 그것들을 녹였다. 당근, 달걀, 우엉, 시금치…… 입안의 재료들이 서로 엉기며 하나의 덩어리로 변화해갔다. 그 물성 변화를 느끼며, 감각을 다시 현실에 묶어두려 했다. 그 모습을 지켜보던 기주가, 소리 없이 웃었다.

"왜 웃어요?" 내가 물었다.

"그냥요. 웃음이 나와서요."

딱히 구체적인 이유가 없다는 듯. 나는 그런 대답이 오히려 반가웠다. 어쩌면 문제는 내 쪽에 있었기 때문이었다. 대부분의 사람들은 들리는 주파수만 추상적으로 인식하며 살아간다. 일상에서 파동을 감지하고 분리해내지 않는다. 라디오, 텔레비전, 전자레인지에서 뿜어져 나오는 진동들을 삶의 영역 내로 끌어오지 않는다. 하지만 나는…….

이번도 마찬가지였다. 단지 기주가 묘사한 영화 속 바이크 소리. 단지 그 기억에 대한 이야기였을 뿐인데, 10여 분 동안 화면 전체에 깔렸다는 그 사운드를 상상하는 것만으로도 나는 그 자리에서 꼼짝도 할 수 없게 되었다.

"이호영. 넌 진짜, 다른 세계에서 온 사람 같아."

기주가 갑작스레 말을 놨다. 나는 그의 얼굴을 빤히 바라보았다. 몸이 차갑게, 아이스버킷을 뒤집어쓴 듯 싸늘해졌다. 김밥을 집으려던 손은 멈췄고, 젓가락을 조용히 내려놓았다.

"저와 친해지고 싶어요?"

나는 낮고 부드럽지만, 또렷하게 물었다.

"좋은 친구가 될 거 같아요."

기주는 다시 존댓말로 돌아오며 말했다.

"그러게요. 우리 잘 통하죠? 다음 로케이션 답사도 같이 가요?"

"그래요. 함께 가요."

"영화 만드는 게 생각보다 훨씬 어렵다는 거, 요즘 진짜 실감 중이에요. 오리엔테이션 날 들으셨겠지만, 조교님이 영화 말리는 이유, 이해가 되더라고요."

"네. 황명희 씨도 반길 것 같은데요?"

"물론이죠. 근데 그분…… 뭔가 특이하지 않아요? 잘은 모르겠지만……
눈동자 봤어요?"

"아니요?"

"녹색이 감도는 밝은 갈색이에요. 가끔 어깨너머로 슬쩍 사람을 바라보
기도 하고, 뭔가 행동이 이상해요. 나이대도 좀 있으시잖아요. 저희 엄
마뻘로요."

"근데 기주 씨, 그런 걸 어떻게 다 알아요? 그냥 스치듯 봤다면서. 대단
하네요."

"걸음걸이도요. 자세는 똑바른데 어떤 때는 발을 질질 끌듯 걸어요. 팔도
안 움직이고. 어색해요. 그건 호영 씨도 봤잖아요. 점심 먹으러 갈 때."
나는 고개를 끄덕였다.

"또 뭐 이상한 거 있어요?"

내가 조금 다그치듯 묻자, 기주는 잠깐 움찔했다. 조심스레 입술을 다물
고는, 말을 너무 많이 한 것 같다고 혼잣말처럼 중얼댔다. 나는 괜찮다
고, 나도 이상한 점이 있긴 하다고, 너무 신경 쓰지 말라고 말했다. 그제
야 기주가 조금 안심한 듯 다시 입을 열었다.

"어쨌든 뭔가…… 섬뜩해요."

"정확히는 뭐가요?"

"모호한데, 명확하지 않은 어떤 기운이랄까, 온도 같은 거랄까. 설명이
안 되는 묘한 분위기."

나는 아무 말도 하지 않았다. 하지만 그 말은 내 안에 무겁게 가라앉았다. 기주의 감각, 나의 떨림, 그리고 황명희라는 사람의 '정체불명의 온도'. 모든 것이 조용히 얽히고 있었다.

우리는 황명희에 대해 어떤 결론도 내리지 못한 채, 말없이 라면을 먹었다. 기주가 내 쪽으로 팔을 뻗은 건 내 손목에 찬 팔찌 때문이었다. 염주도, 묵주도 아닌, 어디서도 본 적 없는 낯선 구조의 끈과 구슬이 교차된 그것을 기주는 유심히 들여다보며 고개를 갸웃거렸다.

"라면 불어요. 얼른 드세요."

나는 괜히 말을 돌렸다. 구체적인 설명은 꺼려졌고, 그걸 해명하는 게 무의미하다고 느껴졌다. 스마트폰의 녹음 버튼을 다시 눌러 옆으로 밀어놓았다. 그러자 기주가 피식 웃었다.

"이번엔 먹방 ASMR이에요?"

그는 장난스럽게 폰을 집어 들더니, 꼬불꼬불한 면발을 휘감아 입에 넣었다. 면이 빨려 들어가는 소리는 꽤 컸다. 그 소리가 어떤 파형으로 녹음됐을까, 나는 이미 머릿속으로 파동 그래프를 그려보고 있었다. 진폭, 주기, 주파수. 그 조합으로만 파동의 성질을 분석할 수 있다. 하지만 나는 단지 남들이 듣지 못하는 소리를 감지할 뿐, 그 이상을 설명할 수는 없는 상태였다. 그래서, 답답했다.

식당 문을 나설 즈음, 기주의 얼굴에는 이미 초조함이 서려있었다. 조명 수업에 필요한 장비는 내가 대신 들기로 했기에 딱히 바쁜 이유는 없었지만, 그의 마음은 이미 다른 곳에 가 있는 듯 보였다. 열 걸음쯤 걸었을까. 기주가 고개를 아래로 내리더니, 마치 무엇인가를 확신하려는 듯 천천히, 반복적으로 끄덕이기 시작했다. 나는 그가 무슨 생각을 하고 있는지 도무지 짐작할 수 없었다. 걸음을 옮기며 그의 얼굴을 슬쩍 살폈지만, 표정은 닫혀있었고 눈은 멍하니 먼 데를 향하고 있었다.

횡단보도를 건너는 동안에도, 기주의 이마는 잔잔한 그늘에 가려져 있었고, 눈빛에는 짙은 수심이 드리워졌다. 나는 그가 먼저 무슨 말을 꺼내주길 기다리며, 조심스레 그와 보폭을 맞춰 나갔다. 미디어 허브 근처의 중식당 앞을 지나면서도, 기주는 마치 균형감각을 잃은 사람처럼 앞만 보며 걷고 있었다. 고개는 여전히 수그린 채, 천천히, 꾸준히, 앞뒤로 움직였다. 뭔가 생각이 깊은 상태, 혹은 어떤 결심을 반복해서 되새기는 것. 기주가 걸음을 멈춘 건, 미디어 허브 건물의 모퉁이였다. 그곳에 이르러서야 그는 숨을 길게 들이마시고, 드디어 입을 열었다.

"⋯⋯그게 뭐죠? 뭘까요?"

그 말은 독백처럼 들렸지만, 내게 건네는 물음이었다. 정확히 무엇을 지칭한 건지, 나는 그 순간 알아차릴 수 없었다.

마이너스, 윤초

'미안해. 나 지금, 3관 G열 15번 좌석에 있어.'

발신자 정보는 뜨지 않았다. 하지만 이런 문자를 보낼 사람은 단 한 명뿐이었다. 채영. 그녀가 돌아온 것이다. 그리고 그 문장은, 우리가 함께 갔던 그 영화관, 바로 그 자리에서 도착했다.

"행렬에 오류가 있었을 뿐이야. 네 귀는 정상이야. 아무 이상 없어. 불안해하지 마. 3G15나 3G16이나, 어느 자리에서든 5.1 돌비 스테레오 음향은 거의 차이 없이 들려. 우리, 그거 듣고 알잖아."

그녀가 했던 말이 또렷이 떠오르다니. 시간의 무게를 밀어내고 목소리는 되살아난다. 채영을 마지막으로 본 건, 그러니까 지금으로부터 십일년 전 가을. 산청 천문대에서였다. 만 나이로 열다섯이 되기엔 하루가 부족한 날이었다.

해안절벽의 마을에서 그녀의 가족과 여름을 보냈고, 그로부터 거의 1년 반 동안 서로 연락없이 지냈다. 나는 그때의 일을 생각하고 싶지 않았다. 그럴 이유가 분명히 있었고, 그건 지금도 유효했다.

그해 여름, 채영은 거실에 앉아있었다. 화가 칼 라르손의 그림 〈꽃이 있는 창문〉 앞에서 깊은 상념에 잠겨, 팔찌를 매만진 채, 내 인기척에도 꼼짝하지 않았다. 해는 이미 중천이었고, 나는 여전히 몽롱한 기분 속에서 그녀를 바라봤다. 전날 밤, 채영 아버지의 말은 단순한 놀람 이상이었다. 충격이 피부 아래로 침투한 듯, 그녀는 침묵을 입은 채 무너져 있었다.

그날 아침, 산책을 하자며 나를 데리고 방파제로 향한 것도 그녀였다. 하지만 해안가로 가지 않고, 정반대 방향으로 절벽 꼭대기까지 걸어 올라갔다. 나팔꽃 집을 지나쳐 왼편 오솔길로 들어선 뒤, 진흙 웅덩이를 피하던 채영은 잡초가 뒤엉킨 폐가 앞에서 걸음을 멈췄다. 그 집은 눈으로 보아도 숨이 막힐 정도였다. 지붕은 뚫려있었고, 유리창은 모두 깨져 있었으며, 구부러진 새시 문 너머로 생활의 잔해가 무질서하게 널려있었다. 폭격이라도 맞은 듯 철근은 구부러져 있었고, 이 마을에서 보기 드문 콘크리트 골조의 잔해만이 남아있었다.

"누가 살았을까? 멀쩡한 집이 왜 이렇게 됐지?"

채영의 말에 나는 화들짝 놀랐다. 내 머릿속 생각이 고스란히 읽힌 기분이 들어서였다. 그때, 그녀가 안쪽 벽면을 가리켰다. 검지로 가리킨 곳에는 큼직한 그림 한 점이 걸려있었다.

"저기 벽면에 그림 좀 봐!"

"그러게. 크기가 꽤 커 보이네."

"100호 사이즈쯤 될 거 같아."

"그래?"

"점으로 별을 그린 거 같아. 언제 우리 천문대 가보자. 파란 바탕이 우주 같잖아?"

"한 방향으로 점들이 둥글게 움직이는 것 같아."

"그림 속에 울림이 있는 것 같아."

"어떤?"

"글쎄······ 해조음海潮音? 아니면 종소리, 북소리 같은 거?"

"그래, 뭔지 알 것 같아. 이거 한번 볼래?"

"뭐?"

"팔찌야. 순록 뿔 조각으로 만든 건데, 아빠가 주셨어."

"그래?"

"응. 여기 보면 둥근 원 있지? 그게 사미인들의 북이래. 안에 바큇살, 새, 순록, 물고기, 사람, 삼지창 같은 그림이 새겨져 있어."

"잘 안 보여."

"순록 뿔에 조각칼로 새겨 넣은 거라 형태가 좀 뭉개졌어. 하지만 자세히 보면 보일 거야."

"그렇구나, 재밌네."

길 따라 이어진 둔덕은 곳곳이 무너져 있었다. 붉은 흙덩이가 아직 마르지 않은 채 아래로 스르르 흘러내렸고, 그 위로 대숲은 하늘을 찌를 듯 솟아있었다. 바람은 댓잎 사이로 스미며, 무언가를 휘감듯 깊고 가늘게 울었다. 나는 폐가 벽면의 점묘화를 떠올렸다. 그 그림에서 느껴졌던 파동이 진흙 웅덩이 아래 어둠 속에도 깃들어 있는 것 같았다. 조심스럽게 걸음을 옮겼다. 괜히 발을 헛디뎠다가는 까마득한 무저갱으로 빠질 것 같은 착각이 들었다. 그런데도 심장은 도무지 이유를 알 수 없는 리듬으로 둥당, 둥당, 울려댔다.

"혹시 여길까? 어제 얘기한, 자살한 여자 말이야."

채영이 불쑥 물었다. 궁금증과 호기심이 반쯤 섞인 눈빛이었다. 나는 대답하지 않았다. 그러자 채영이 스스로 말을 이어갔다.

"죽음을 택한 여자가…… 어쩌면 그 폐가에서 혼자 그림을 그리며 살았을 수도 있잖아."

그 말에 심장이 한 번 더, 쿵 내려앉았다. 그 울림은 명확했다. 50에서 70헤르츠 사이의 저주파. 그 파동을 나는 정확하게 느끼고 있었다. 내가 숨을 몰아쉬고 있는 걸 아는지 모르는지, 채영의 목소리는 흐르듯 이어졌다.

"점묘화에 오방색이 많았잖아. 무속인이었을 수도 있지 않을까?"

나는 고개를 들었다. 채영은 눈을 떼지 않고 길 끝 어딘가를 바라보고 있었다.

"사미인들에 대해 알아봤어. 우리랑 꽤 비슷하더라. '노아이디'라고 불리는 무당이 사후 세계로 사람을 인도한대. 죽으면 기다리는 가족과 조상을 만나고, 천막에서 살고, 순록을 사냥하면서 지내는 거지. 이승과 닮은, 아주 조용한 세계."

"……그래서 북을 썼던 거구나. 무당이 의식 치를 때 말이야."

"응. 더 신기한 건 '요이크'라는 음악이야. 가사도 없고, 악보도 없고…… 흥얼거리는 그 소리 자체가 메시지야. 사람이나 동물, 장소를 기억하는 방식. 말하자면 소리의 기억, 파동의 이미지 같은 거지."

"알 것 같아. 순록 뿔은 영험하니까. 네가 찬 이 팔찌도…… 상서로운 기운이 느껴져."

나는 조심스럽지만 또렷하게 말했다. 소리 하나하나에 의미가 담겨있으므로, 발음도 정확해야 할 것 같았다. 그렇게 나란히 걷던 길. 급커브를 돌아 방파제 쪽으로 한 대의 차가 휙, 빠르게 지나쳤다. 순간, 채영이 휘청였고 나는 반사적으로 그녀의 손목을 붙잡았다. 순록 뿔각 팔찌가 감겨있는 그 손목에 닿자 뜨거운 열감이 손끝에서 퍼졌다. 우리 둘 다, 잠시 말을 잊은 채 서로의 손목을 내려다보았다. 붙잡은 손을 풀고 나서야, 시선을 천천히 거둘 수 있었다. 어색한 침묵을 채운 건 채영 쪽이었다.

"너 햄버거 좋아하지?"

"응. 맥도날드 불고기 햄버거 맛있잖아. 근데 그건 왜?"

"북위 68도, 그 추운 극지방에도 맥도날드가 있을까, 없을까?"

"……."

"러시아에서도 먹을 수 있는 게 바로 미국 프랜차이즈야."

"아빠한테 들었니?"

"응. 나도 언젠가는 꼭 한번 가보고 싶어."

채영과 나는 나란히 걸었다. 고깃배 모터음이 바다 위를 가로지르며 길게 울렸다. 바위틈에서 낙타처럼 자란 해송을 바람이 긁고 있었다. 그 아래로 방부목 데크가 내려앉은 경사를 따라 깔려있었다. 걷는 발 아래서 삐걱대는 소리. 나사못이 느슨해진 채 데크에 박힌 금속의 마찰음이, 나도 모르게 발걸음을 조심스럽게 만들었다. 그 소리가 멎자, 이번엔 속에서 소리가 났다. 공복의 신호음. 허기는 원초적 신호인데도 어디 내보이기 껄끄러운 음성이었다. 나는 말 없이 창피했다.

그 순간, 시야가 열렸다.

리기다소나무 가지 사이로 푸른 바다 위에 둥글게 포물선을 그린 테트라포드. 그 끝, 방파제 위에 한 남자가 소실점처럼 서 있었다. 셔츠 자락이 바람에 휘날렸다. 바람이 닿는 면에서 먼지 같은 소리가 났다. 그 바람의 결까지 따라가고 싶어질 만큼 선명했다. 그가 채영의 아버지라는 사실이 문득, 귀를 통해 마음에 박혔다. 어제도 느꼈던 그 부러움. 우리는 바지락 칼국수를 먹고, 예상보다 일찍 숙소를 나섰다.

여행이 끝난 후, 나는 오래도록 혼란 속에 머물렀다. 거울 속 내 동공은 비어있었고, 귀는 과거의 소리들을 지워내지 못하고 있었다. 채영 가족과 보낸 하루 반나절 남짓한 시간들. 그 안에서 들렸던 것들이 자꾸 떠올랐다. 붉은 제라늄 꽃잎 위로 떨어지던 작은 벌레의 날갯짓, 그림 속 여인의 검은 머리가 종잇장처럼 스치는 상상 속 소리, 점묘화가 울리던 저주파의 허밍, 팔찌를 스치던 손끝의 작은 마찰음, 절벽을 때리는 해풍의 깃발 같은 파형들. 얽히고설킨 하나의 음 덩어리가 불규칙한 간격으로 머릿속을 어지럽혔다. 사라진 지 정확히 두 달 하고 나흘 만의 일이었다. 그 모든 것을, 마치 낡은 오르골처럼 바닷가 마을에 내려놓고 싶었다. 되감기 버튼 없이, 바다에 녹아 사라지게 하고 싶었다.

*

괜찮아, 괜찮아, 괜찮아. 나는 입술이 바짝 마를 때까지 그 말을 되뇌었다. 주문처럼, 스스로에게 걸어두는 주술처럼. 할아버지가 자주 쓰던 말이었다.

라디오 주파수를 맞출 때면, 지이직거리는 잡음 속에서 할아버지는 꼭 그 말을 중얼거렸다. "괜찮아, 괜찮아……." 마치 소리의 균형이 그 말에 의해 회복되는 것처럼, 트랜지스터의 울림은 그 반복과 함께 맥을 찾아갔다.

그 라디오는 베트남 전쟁통에서 할아버지의 목숨을 지켜준 신물神物이라고 했다. 다이얼이 헛돌 때마다 그는 지그시 눈을 감고, 숨을 고르듯 손을 움직였다.

"죽일 놈의 전쟁. 수치심을 알아야 살 수 있었어."

뜬금없이 튀어나오는 그의 중얼거림은 실은 그 자체로 복잡한 뜻을 품고 있었다. 나는 나중에서야 알게 되었다. 말 없는 말이라는 것이, 진동으로도 사람에게 무언가를 새길 수 있다는 것을.

"눈에 보이지 않아도 소리는 그릴 수 있는 거야, 전쟁통에서 말이야, 고막이 찢어지고 핏덩이에 틀어 막혔는데도 라디오 소리는 들리더라, 퍼져나가는 혈맥이 있으니까……."

할아버지는 말을 이으면서 두 손을 높이 들었다. 마치 물속에서 헤엄치는 듯한 동작이었다. 습지 위를 날던 철새 떼처럼, 손은 흐르듯 움직이다가, 어느 순간엔 나선처럼 휘감고 다시 원을 그렸다.

질서와 반복, 패턴. 그 안엔 파동이 있었다. 중심에서 시작된 울림이 외곽으로 번지는 모양. 나는 갑자기 폐가에서 보았던 점묘화를 떠올렸다. 100호 캔버스에 빽빽이 박힌 수많은 점들. 그건 무작위의 나열이 아니었다. 뚜렷한 중심과 방향이 있었다.

"그 소리에는, 어느 소리에든, 모양이 있지."

그 한마디에 나는 마치 내 마음을 들킨 것처럼 가슴이 철렁 내려앉았다. 그날도, 지이직거리는 잡음은 좀처럼 사라지지 않았다. 할아버지는 라디오의 다이얼을 붙잡고 놓지 않았다. 내가 조용히 입속으로 숫자를 세기 시작했을 즈음, 잡음이 멈췄다. 정확히 일곱, 아니, 7.2초.

그 순간 들려온 소리 한 덩이. 기억 속에서 뚜벅뚜벅 걸어 나와, 해안절벽 마을에서의 여름을 되살렸다. 사춘기 문턱에 걸려있던 나는 그 여름을 감당하기에 너무 어렸다.

그리고 지금, 십수 년이 지나, 채영이 다시 나타난 건, 혹시 그 팔찌 때문일까?

어쩐지 불길하다.

처음부터 순록 뿔각 팔찌는 내 것이 아니었다. 언제 어디서 분리돼도 전혀 이상하지 않을 단 하나의 조각. 그게 내게 주는 불안은 그때부터 지금까지도, 귓속에서 진동처럼 남아있었다.

*

내가 '미디어 허브'를 알게 된 건 온라인 카페였다. 당시 나는 시나리오 하나를 붙잡고 있었는데, 그렇게 괜히 시간을 흘려보내다 사운드 작업은 손에서 놓을 것 같았다. 마침 그때, 독립영화를 제작하는 학원인 이곳의 추가 모집 공지가 눈에 들어왔다.

등록 전에 면접이 있다는 게 다소 의아했지만, 어쨌든 안내된 주소로 찾아갔다.

사무실 안은 어수선했다. 산악자전거, 검은 가방에 든 촬영 장비, 삼각대, 텅스텐 조명, 선풍기, 2단 냉장고, TV, 바닥을 기는 굵은 케이블들, 모두 무질서하게 흩어져 있었다. 강의실 한편에 딸린 화장실은 특히나 눈살을 찌푸리게 했다. 열린 변기 뚜껑, 닳아빠진 솔과 세제 통, 바닥 타일 사이사이에 스민 곰팡이. 더 불쾌한 건 공간에 잔류한 감촉 같은, '닦이지 않은 진동'이었다.

그보다 더 나를 멍하게 만든 건, 바깥으로 통하는 또 하나의 문이었다. 유리블록으로 된 문턱은 처음이었다. 희뿌연 빛이 굴절되며 바닥에 드리운 그림자에는 이상한 결이 있었다. 그 문틈에서 나직이 울리는 소리가 감지됐다. 그리고, 그 순간 들려온 익숙한 발걸음.

내가 사는 원룸 건물, 403호 사내의 걸음. 작은 화분 하나를 들고 저벅거리던 그 리듬이, 직관적으로 떠올랐다. 말도 안 되는 일이라는 걸 알면서도, 귓속에서 기시감은 점점 선명해졌다.

밖으로 시선을 돌리자 담장 아래에 놓인 크고 작은 식물들이 볕을 쬐고 있었다. 나는 잠시 눈을 감고 풀내와 흙냄새의 떨림에 귀를 기울였다. 알로카시아 화분 하나가 눈에 들어왔다. 커다란 잎이 고개를 축 늘어뜨리고 있었다. 괴경에는 구멍이 뻥 뚫려있었다. 영양분은 이미 빠져나가고 식물은 자기 무게만 간신히 지탱하는 듯했다. 그 순간, 뒤편에서 외마디가 들려왔다.

"교장 선생님!"

희끗한 머리에 꽁지머리를 틀어 올린 남자의 목소리였다.

"교장 선생님!"

그는 호칭을 반복했다. 나를 포함해 몇몇 시선이 그에게 향했다. '교장 선생님'이라니, 뭔가 어울리지 않는 호칭이었지만 누가 나서서 정정할 일도 아니었다.

"저, 교장 선생님 아닙니다."

진행자는 말끝을 툭 잘랐다. 눈짓만 흘린 채 다시 본론으로 넘어갔다.

"영화 만드는 일은 생각보다 훨씬 어렵습니다. 각오가 없다면 지금 물러서도 괜찮습니다."

한참 동안, 그는 본인 소개도 없이 같은 말을 반복했다. 지독하게도 반복했다. 다들 슬슬 짜증을 참지 못했고, 어떤 이는 자리를 바꾸거나 몸을 틀었다. 진행자는 그 모습들을 못 보는 것인지, 아니면 보고도 아랑

곳하지 않는 것인지 했던 말을 또 반복했다. 지금 나가도 괜찮다, 힘들 것이다……

"교장 선생님! 이제 그만하시죠."

꽁지머리 남자가 다시 말했다. 이번엔 필기도구와 텀블러를 재빨리 가방에 쓸어 넣었다. 그는 별 희한한 사람 다 보겠다며 벌떡 일어나 문을 쾅 닫고 나가버렸다. 잔향. 낮게 진동하는 공기. 빠르게 뛰는 심장 소리들. 캡 모자를 쓴 진행자는 그제야 입을 뗐다.

"조교라고 불러주세요."

그는 여전히 자기 이름을 말하지 않았다. 대신, 등록할 사람에게는 단편 영화를 첨부해 줄 테니, 그걸 보고 감상을 이메일로 보내라고 했다. 질문은 받지 않았다. 의자가 질질 끌리는 소리. 부산하게 멀어지는 옷감과 옷감이 스치는 소리들. 아직 자리에 앉아있는 사람들도 다들 이거 등록을 해야 하나 망설이는 눈치였고, 나 역시 마찬가지였다.

지하철역으로 발을 옮겼다.

"주의! 열차와 승강장 간격 넓음." "주의! 열차와 승강장 간격 넓음." "주의! 열차와 승강장 간격 넓음."

기계가 사람의 음색을 흉내 낸 목소리가 반복적으로 흘러나왔다. 곧이어 전동열차가 들이닥쳤다. 굉음이 지하 공간을 통째로 때렸다. 공기층이 한순간 뒤틀렸고, 귀는 툭, 소리를 내며 안쪽에서 일그러졌다.

이곳의 일곱 개 좌석은 다른 곳보다 바람의 영향이 적고, 온도가 2도 높습니다(하절기 기준).

창유리에 비친 내 모습이 문장 중간을 지우고 있었다. 일곱 개 좌석 중 졸고 있는 사람은 단 한 명뿐. 나머지는 각자의 스크린을 들여다보며 웃거나 손가락을 빠르게 움직이고 있었다. 모두 귀에 노이즈 캔슬링 이어폰을 꽂고 있었다. 세상과 단절한 채.

나는 두 가지 길 중 하나를 골라야 했다. 소리에 무뎌지든지, 소리에 묻혀 살든지. 하지만 나는 늘 선택의 폭이 좁았다. 지도도 잘 못 보는 나는 오늘도 네이버에서 알려준 가장 빠른 환승 구역을 잊어버렸다. 지하철을 네 번 갈아타야만 집에 닿는다.

'관성'이라는 단어는 내 일상과 무관했다.

나는 늘 어긋났다. 자리를 고정하지 못했고, 언제나 어딘가를 떠돌았다. 문득 내 삶이 어디로 향할지, 궁금해졌다. 그래서 1호선에서 9호선까지, 지하철 소리만을 채집한 적이 있었다. 모두 똑같을 줄 알았지만, 하나도 같지 않았다. 떨림의 진폭, 안내음의 톤, 차체의 금속성. 어떤 구간은 너무 낮아 뼈를 울렸고, 어떤 구간은 너무 높아 머릿속을 흔들었다. 유리 블록 문턱 너머의 잔향, 403호 사내의 걸음, 시들어가던 알로카시아 괴경에서 풍기던 그 미세한 파동. 모든 소리가 내 안에서 하나로 얽혔다. 나는 결국, 추가 등록을 하게 될 것 같았다. 그것은 일종의 직감이었다.

폰을 열었다.

기사 하나가 떠 있었다. 〈마이너스 윤초〉.

*

"돌아온 거야?"

"응. 우리, 봐야 하지 않을까?"

"……."

"3G15, 여전히 소리 좋더라. 너도 그대로겠지? 벌써 11년?"

"열 달 더 지났지."

"그러네. 천문대 갔던 게 초가을이었으니까……. 윤초가 사라진대."

우리는 십일 년 하고도 십 개월 전의 '윤초'를 불러내고 있었다. 나 역시 지하철 안에서 〈마이너스 윤초〉라는 기사를 보고 한동안 멍해져 있었다. 공짜로 얻은 1초라며 장난처럼 웃던 그해 가을, 그 1초가 한 생의 조율점처럼, 어제 일처럼 생생했다.

기사에 따르면 윤초 폐지는 디지털 시대의 큰 흐름이라 했다. 시간의 불연속을 제거해, 연속적인 흐름을 유지하는 과학적 진전. 하지만 "대중이 체감하는 변화는 없다"라는 기사 구절에서 나는 내던져지고야 말았다. 그녀와 나, 둘 다 그 한 덩이의 시간을, 그것이 윤초라고 불리든 다른 어떤 것이든 간에, 그것을 놓치지 않으리란 확신이 있었다. 그럼에도 기사는 '일반은 변화를 느끼지 못한다'라고 단정한다. 기사에 따르면 우리는 일반이 아니었다. 대중 실격 선고.

그럼에도 그녀의 수화음은 깊고 잔잔했다.

저 멀리 수면 아래서 퍼져나오는 듯한 목소리에 나는 무의식처럼 잠영해 들어갔다. 파동은 물결을 만들었고, 나는 60번 숨 고르고 60번 떨리며 그때 그 '윤초'와 함께. 60헤르츠의 리듬 속에서 별을 세고 있었다.

*

천문대 근처에는 도시에서 귀촌한 이들이 모여 살고 있었다. 주민들은 생계를 협업과 물물교환으로 이어갔다. 화장수와 비누를 직접 만들어 팔고, 채소는 밭에서 길렀다. 솔직히 나는 재래식 화장실이 싫었다.

나무판에 불을 먹여 쓴 간판에는 '윤초희 밥집'이라는 이름이 궁서체로 적혀있었다. 나중에야 알게 된 사실. 식당 이름 '윤초'는 별지기의 남편이 지은 것이었다. 아내의 이름에서 따왔지만, 더 깊은 뜻은 그녀도 모르는 듯했다.

남편은 슬며시 말했다.

"그 사람은 아직, 그 사실을 모릅니다."

심지어 그녀는 그 말도 몰랐다. 나는 그에 대꾸하지 못했다. 무연하게 돌절구통 속 부레옥잠 뿌리만 바라볼 뿐이었다.

하늘색 구름빵과 구름과자가 그려진 외벽은 겉보기에도 허술했다. 그때까지만 해도 천장이 열릴 줄은 상상도 못 했다. 밖에서 연결된 높다란 철제 계단이 위로 뻗어있었다. 빗물이 남긴 습기에 계단은 미끄러웠고, 가파른 난간을 붙잡고 계단참에 올라선 순간, 출입문 너머로 산허리에 걸린 햇무리가 그림자처럼, 길게 몸을 눕히고 있었다.

"돕소니안(반사형 천체망원경의 일종)인가 봐?"

채영이 내 팔을 가볍게 끌며 혼잣말처럼 말했다.

"돕, 소, 니, 안?"

나는 천천히 따라 되뇌었다. 검은 천으로 덮인 망원경은 언뜻 기묘하게 엎드린 원시 생물처럼 보였다. 중생대의 날개 달린 육식 앵무새가 곧 괴성을 내며 일어날 것만 같은 착각. 진흙처럼 물컹한 맨바닥은 발아래서 묘하게 울렁거렸고 기분까지 흔들렸다. 빔프로젝터 스크린에는 별자리들이 흐르고 있었다.

오리온, 큰곰, 작은곰, 카시오페아, 전갈, 궁수…….

나는 몸을 살짝 기울였다. 그 순간 채영이 낮고 맑은 목소리로 말했다.

"투디(2D)로 보이는 별들, 지구 밖에서 보면 전혀 달라. 북두칠성도 늘어진 밥주걱처럼 보일걸? 우린 3차원에 있으니까."

나는 고개를 천천히 끄덕이며 책꽂이 쪽으로 발길을 옮겼다. 『밤하늘 관측 가이드』 『코스모스』 『시간의 역사』 『암흑물질』 『우주의 구조』…… 수십 권의 책이 숨죽이며 꽂혀있었다.

"천체의 잔향이 모인 느낌이네. 지식이라기보다는."

채영이 다가온 건 내가 『밤하늘 관측 가이드』를 꺼내 창가에 선 그때였다. 그녀는 책을 넘기며 서쪽 노을빛이 책갈피 사이에 머물도록 가만히 손을 멈췄다. "궁수자리가 여기 있을 거야." 채영이 은하수를 가리켰다. 그 말이 마치 별 하나 떨어지는 소리처럼 들렸다.

빛 한 점 없는 산속의 밤은 이물감의 극단이었다. 시간이 공간을 덮고, 공간이 시간을 삼키며, 감각조차 증발한 진공 상태. 지구에 남겨진 마지막 정적인 양 깊고 무거운 밤이 깔렸다. 그 '고요'를 깨뜨린 건 여인의 발소리였다. 치맛자락이 스치는 소리, 덧신이 바닥을 간질이는 소리. 물컹한 흙바닥에서 자그마한 속삭임이 조용히 번졌다. 하지만 음향의 농도보다 더 인상적이었던 건 그녀가 품은 소리의 리듬이었다.

의식을 집전하는 제사장처럼 균일한 목소리, 균일한 높낮이, 정확한 음절 간격. 들이마신 숨과 내쉬는 숨, 길고 짧음의 파동이 퉁―, 정확하게 귀를 울렸다. 바닥에 누운 사람들은 최면에 걸린 듯 움직이지 못했다. 소리 내는 사람 하나 없이, 호흡까지도 메트로놈처럼 맞아갔다. 나는 그 현상이 믿기지 않을 만큼 신비로웠다. 별도 없는 어둠 속에서 챙 넓은 모자를 쓴 여인은 자신의 그림자 이상의 무게를 가진 듯했다. 1분마다 양팔을 올렸고, 숨을 깊게 들이마신 후 내쉬는 리듬에 맞춰 천천히 손을 들어 올렸다.

그 반복 속에 묘한 에너지가 맴돌았다. 그녀의 호흡에 맞춰 모두가 숨을 쉬었다. 고개를 들라면 들고, 눈을 감으라면 감는 정신의 동기화. 드르르륵— 드르르르륵— 촤아아악— 천장이 열리는 순간, 모두가 숨을 죽였다. 적막이 두 조각으로 갈라지는 듯, 날카로운 소리와 함께 밤공기가 맹금류처럼 덮쳤다. 날벌레, 들짐승, 새, 그들의 목소리가 뒤섞이며 밤하늘로 휘감겨 올라갔다. 찬 기운에 냄새마저 분명해졌다. 풀과 흙의 향, 습기와 생명력의 냄새가 공기 속에서 선명히 어른거렸다. 낮보다 밤이 더 명확하다.

그때, 제라늄 향이 기억의 바늘처럼 콕 박혔다. 생기 넘치던 허브향, 코끝을 간질이는 잎사귀 냄새. 작년 여름, 채영과 보냈던 그 짧은 휴가의 장면이 소리와 향 속에서 선연히 피어올랐다.

"궁수자리 우주의 향기를 느껴보세요. 달콤한 사랑의 향, 라즈베리 냄새가 난답니다."

늦가을 풀벌레 소리와 함께 여인의 낭랑한 목소리가 싸한 밤공기 속으로 스며들었다. 진공 상태의 우주에 향기가 있다니. 누구 하나쯤은 의문을 품을 만도 한 주장. 여인은 곧 시 한 편을 꺼내 들었다. 굴참나무 가지에는 초승달이 얹혀있었다.

윤동주의 「별 헤는 밤」을 읊조리는 여인의 목소리는 낮고 단정했다. 음절 사이마다 느린 숨결이 흘렀고, 한 단어가 끝날 때마다 어렴풋이 미소가 번졌다. 목소리 끝에 걸리는 약한 쉼표들,

그것이 더 큰 울림처럼 들렸다. 한 음절 한 음절을 눌러 말했다. 윗니가 보일 만큼 크게 웃는 모습은, 어쩌면 오래도록 연습한 방식 같았다.

"자신을 들여다보세요. 우리가 어디서 왔고, 어디로 가는지 스스로 물어보는 시간을 갖습니다."

여인의 말은 부드럽고, 정돈된 울림을 품었다. 마치 리스트의 3번 곡이 그런 것처럼. 무릎 위 담요를 고쳐 잡은 사람들, 숨을 고르는 침낭 속 어깨들 사이로 묘한 정적이 감돌았다. 누군가는 그 감각을 따라가고 있었고, 누군가는 혼란을 느끼고 있었다.

모자를 벗은 여인의 이마가 달빛에 스쳤다. 그녀는 넓은 챙으로 공기를 한번 휘저은 뒤, 갈라지는 듯한 목소리로 말했다.

"자, 이제 별을 봅니다. 눈을 뜨세요."

어둠에 익숙해진 시야에 희미한 윤곽이 나타나기 시작했다. 깜깜한 줄 알았던 공간에는 실은 아주 작은 것들이 숨어있었다. 초점이 흐릿한 그림자들이 달빛에 드러났고, 지면엔 조용히 빛이 내려앉고 있었다.

전기 패널 덕에 바닥엔 잔열이 남아있었지만, 갑작스레 불어든 찬 바람에 사람들의 몸짓이 커졌다. 누군가는 침낭 지퍼를 서둘러 끌어올렸고, 가족 팀 중 한 명은 담요를 더 달라며 손을 들었다. 낮에 흔들그네에 앉아있던 사람들은 얼굴을 가까이 맞대고 속삭이기 시작했다. 바람 소리에 사람 소리가 섞이며 순간적으로 어수선해졌다.

소란을 가라앉힌 건 별지기의 손에서 튀어나온 초록빛 레이저빔이었다.

광선은 별에서 별로 선분을 이으며 대삼각형을 그렸다.

"저기, 저 별이 데네브예요. 백조자리의 일등성입니다. 저렇게 밝고 반짝이는 별일수록 수명이 짧아요. 가장 먼저 사라질 별이죠."

별지기의 목소리는 담담했지만, 그 속에는 설레는 감정이 실려있었다.

질문이 있다며 끼어든 건 가족 팀의 초등학생이었다.

"아이돌 스타도…… 사라지나요?"

당황스러운 침묵이 몇 초 흐른 뒤, 여기저기서 어색한 웃음이 터졌다.

별지기도 난처하다는 듯 웃으며 고개를 저었다.

"으음…… 글쎄요."

잠시 머뭇거리던 별지기는 다시 하늘을 향해 손을 들었다.

"별이라고 해서 다 흰빛은 아닙니다. 빛은 파장의 길이에 따라 색이 다르거든요. 우리가 볼 수 있는 건 아주 일부예요. 전자기파 중 가시광선, 일곱 빛깔 무지개처럼요."

별지기는 어린이 쪽을 향해 고개를 끄덕이며 말을 이었다.

"질문 고마워요. 천문학자들도 늘 별을 향해 묻습니다. 별들은 다양한 신호를 보내거든요. 자신이 얼마나 멀리 있는지, 얼마나 뜨거운지, 또 어떤 일이 벌어지고 있는지…… 그 이야기들을 빛에 실어 우리에게 건네주는 거죠."

별지기의 설명이 깊어질 즈음, 초등학생이 또다시 손을 번쩍 들었다.

"질문 있어요, 별지기님!"

"네, 뭐죠?"

"별들이 보내는 신호는…… 어떻게 알아요?"

별지기는 눈을 가늘게 뜨며 아이를 바라보다가, 살짝 웃으며 말했다.

"좋은 질문이네요. 모든 감각과 마음, 귀를 열어두세요."

"귀요? 그럼, 소리로 알 수 있는 거예요?"

"맞아요. 파장과 진동. 그것은 곧 소리이기도 합니다."

별지기의 흰 치아가 어두운 밤 속에서 잠깐 반짝였다. 그는 천체망원경 가까이 다가가 손을 들어 레이저를 비췄다. 수억 광년 너머, 성단을 향한 광선이 미세하게 좌우로 흔들렸다. 공중에 뿌려진 듯한 먼지 입자들이 초록빛 안에서 너울거렸다. 나는 그 수많은 알갱이 중 하나가 어쩌면 '나'일 수 있겠다는 생각에 멍해졌다. 거대한 어둠 속의 티끌, 아주 잠시 존재하는 파동. 별지기는 목성과 토성의 방향을 잡고, 관측 순서를 안내했다. 서너 개 계단을 밟아 올라선 뒤 검은 천을 머리 아래까지 내려 덮고, 렌즈에 눈을 갖다 대는 방식이었다. 앞줄 몇몇이 마음이 급한 듯 엉덩이를 들썩이자, 그 뒤로 줄지어 앉은 사람들도 하나둘 일어섰다.

나는 그사이, 팔찌를 만지작거리고 있는 채영을 바라봤다. 그녀의 시선은 어디에도 닿지 않은 채 허공을 응시하고 있었다. 어깨너머, 어느새 달은 굴참나무 가지에서 한 뼘쯤 옮겨져 있었다. 밤은 그렇게 흘렀다.

"토성의 고리를 잘 보세요. 아주 아름답죠."

별지기의 목소리가 또렷하게 밤공기를 울렸다.

"사람 눈은요, 노란빛에 특히 민감합니다. 저기 떠 있는 달은 태양에 반사된 거란 거, 다들 알고 계시죠? 내일 아침, 태양을 봅시다. 얼마나 붉은지, 아마 감탄하실 거예요."

별지기의 말이 끝난 직후, 채영이 불쑥 내게 물었다.

"태양이 얼마나 뜨거운지 알아? 몇 도쯤일 거 같아?"

나는 말 없이 그녀를 바라봤다.

"육천 도야."

그녀는 혼잣말하듯 이어갔다.

"엄청 뜨겁고, 밀도도 높지. 달군 쇠부지깽이처럼. 금속도 아닌데, 대단하지."

"그렇구나."

"너는 무슨 색일 거 같아? 태양 말고, 너."

나는 잠시 입을 다물었다. 말하려다 멈추고, 다시 생각을 더듬었다.

"글쎄. 잘은 모르겠는데…… 보라색은 파장이 짧고, 빨간색은 파장이 길다고 하니까……."

"그래. 그리고 멀리서 오는 파장일수록 섬세하고 울림이 깊다잖아. 난 그게 느껴져."

채영이 고개를 끄덕였다.

"오늘은 1초가 더해지는 날이야."

"……그게 뭔데?"

"덤으로 생긴 공짜 1초."

내가 여전히 긴가민가한 표정을 짓자, 채영은 마치 오래 준비한 것처럼 설명을 덧붙였다.

하루는 24시간, 한 시간은 60분, 일 분은 60초. 세계 기준시에서 말하는 '1초'는 세슘 원자의 진동수를 기준으로 삼는다. 하지만 지각 운동, 해류 흐름, 태양과 달의 인력 같은 것들이 지구 자전에 영향을 주고, 우리의 시간은 매일 0.002초쯤 늦춰진다. 그래서 그 차이를 메우려고, 인류는 간혹 1초를 더 추가한다. 그것이 윤초라는 이야기였다.

*

이튿날 아침, 채영은 보이지 않았다. 꿈이겠지. 나는 아직 잠에서 덜 깼을 거라 생각했다. 토성의 고리를 보았고, 궁수자리를 찾았고, 별을 따라 시선을 나눈 게 불과 몇 시간 전이었다. 그런데 지금 그녀가 없다니, 믿기 어려웠다. 생일 선물이라며 채영이 내 손목에 채워준 순록 뿔 팔찌가 시야에 들어왔다. 고르게 꿰인 구슬 사이, 기다란 뿔각 하나가 손끝에 닿았다. 그녀의 온기, 그녀의 손목에 닿았을 당시의 떨림이 다시 살아났다. 우리는 긴 시간 서로를 그러안고 있었다. 두려움과 혼란이 심장을 문지르고, 끝내 몸은 불길처럼 타올랐다. 그녀의 쇄골을 마주한 순간, 나는 미치도록 벅차올랐다. 어깨에서 목으로 이어진 곡선은 단순한 뼈가 아니었다. 상처와 아픔이 스민 듯, 그곳은 무르고 여렸다. 내 숨소리에 미모사처럼 반응하던 떨림이 그녀 몸 전체를 울렸다.

"호영이, 넌 쇄골 정말 좋아하나 봐?" 채영은 옅은 웃음을 흘리며 이불을 가슴께로 끌어올렸다. 나는 말이 없었다.

작년 여름, 파도에 떠밀려 그녀의 쇄골에 입술이 닿았던 순간이 떠오른 것도, 그녀가 굳이 말했기 때문이었다. 아닌 게 아니라, 빗장뼈는 늘 내게 어떤 상징처럼 여겨졌다. 가슴과 어깨를 잇는 단단한 구조물. 나와 그녀를 연결해 주는 사슬 같기도 했다. 하지만 말은 하지 않았다.

이번에도 나는 말 없이 그녀의 쇄골에 코를 묻었다. 그렇게 있다가, 잠시 졸 듯 말 듯한 상태로 속삭였다. "나쁜 생각은 한 방향으로 움직여." 채영의 표정이 어두워졌다.

"……엄마가 돌아가실 거란 생각을 했었어. 그러고 나서 진짜 엄마가 돌아가셨어. 죄책감 때문에 잠도 못 잤어. 못된 생각이 등을 세게 후려쳐. 몸이 휘청거리고, 아프기까지 해. 그 일 이후로 생각이 무서워졌어. …… 죽음에 대해서도 마찬가지야. 자꾸 생각하면, 그게 더 빨리 올 것 같아."

그녀는 옷을 걸치고 일어나 냉장고에서 물을 꺼내 마시고, TV를 켰다. 나는 자리에서 일어나 화장실로 향했다. 텔레비전에서는 지난 3월 동일본 쓰나미 피해를 다룬 다큐멘터리가 흘러나오고 있었다. 경계가 지워진 육지와 바다는, 애초에 한 몸이었던 것처럼 섞여들고 있었다. 옥상까지 차오른 물 위로 가재도구, 자동차, 집들이 통째로 떠내려갔다. 모두가 하나의 방향을 향해 흐르고 있었다.

채영이 다시 말을 이은 건, 냉장고에서 생수병을 꺼낼 때였다.

"세상은 물로 망할까, 불로 망할까?"

그녀가 내게 물병을 건네며 물었다. 뚜껑을 따고 입에 가져가며 나는 조심스럽게 채영을 바라봤다.

"수십, 수백 년에 걸쳐 서서히 무너지는 중일지도 몰라. 예전엔 하늘에서 불벼락이라도 떨어질 줄 알았거든. 그런데 점점 생각이 달라졌어. 사람이 저지를 수 없는 일들이 지구 곳곳에서 벌어지고 있다는 뉴스를 보면서 말이지."

채영의 말은 차분했지만, 그 안에 섞인 무력감은 묵직했다.

"전쟁, 홍수, 기아, 난민. 가장 취약한 계층이 먼저 무너지고, 가장 가난한 나라부터 숨이 막힌다고 생각했고, 예전엔 그렇게 남의 일처럼 느껴졌던 것들이…… 바로 곁까지 와 있어."

나는 왜 그렇게 무거운 얘기만 하느냐고 물었다. 그러자 채영은 단호하게 말했다.

"오늘 아니면 안 될 것 같아서 그래."

그녀의 눈동자엔 얕은 그늘이 젖어있었고, 눈가 근육이 미세하게 떨리고 있었다. 사실, 나는 채영의 엄마에 대해 더 묻고 싶었다. 하지만 이 정도에서 그만두는 게 낫겠다 싶었다. 오늘이 전부는 아닐 테니까. 내일도 있고, 그다음 날도 있겠지. 나는 물병을 협탁에 내려놓고 채영의 어깨를 감싸 안았다.

"우울증에 시달려 오신 엄마를 죽음으로 이끈 건 약이었어. 내가 아냐…… 아니라고!"

채영은 횡설수설하며 고개를 저었다. 내가 그녀의 자세를 다독이자, 그녀는 베개에 얼굴을 묻었다. 조용히 있다가, 그녀가 문득 말했다.

"호영. 넌 그 소리의 실체를 찾을 수 있을까?"

나는 대답하지 않았다. 어둠은 채영의 눈빛을 완전히 가리지 못했고, 손등 위에 얹힌 그녀의 체온이 고요하게 전해졌다. 내게 채영은 밤하늘 별보다 환한 존재였다. 우정, 사랑, 떨림, 설렘, 두려움, 환희, 슬픔— 이 모든 감정이 서로를 끌어안고 있었다. 그저 손이 닿았을 뿐인데, 우리는 같은 파장으로 울렸다. 한 감정에서 또 다른 감정으로 자연스레 이어졌고, 그것이 무엇인지 우리는 말하지 않아도 알 수 있었다. 채영이 몸을 틀어 내 쪽으로 기울더니 팔찌를 풀고는 내 손목을 붙잡았다.

"사미족 순록 뿔각인 거, 너도 알지?"

"응. 네 아빠가 러시아 출장에서 사온 거잖아. 근데…… 왜?"

"소리가, 깊고 길게 이어지는 것 같아."

"어디서?"

"여기. 순록 뿔각에, 영혼 지도가 있대. 울림이 느껴져."

"울림?"

"응. 강하게 들리다가, 약해지기를 반복해. 간섭하는 것처럼."

채영의 말에, 나는 명확한 정의를 찾으려 헛되이 애쓰고 있었다.

"우리, 예전에 너덜경에서 들었던 북소리, 그런 종류 아냐?"

"글쎄. 두 겹인 것 같아. 겹쳐져 있어."

"눈에 보이진 않지만, 소리의 흐름은 그릴 수 있어."

"그러니까…… 주파수 말하는 거지?"

"응. 아마 60헤르츠였던 것 같아."

"근데…… 왜 이걸 주는 거야?"

"내일 너 생일이잖아."

"선물?"

"순록 뿔도 사람 지문처럼 다 다르대. 길 잃지 말라는 뜻이야. 지니고 있어."

나는 음각 문양에 손끝을 대었다. 네모난 뿔각을 손목 위로 굴리며, 말없이 웃어 보였다.

무슨 말을 꺼낼까 머릿속을 뒤졌지만, 아무 말도 떠오르지 않았다. 이건 둘만의 은밀한 약속 같았다. 우린 비밀리에 묶인 듯한 감각 속에 있었다. 잠결에 들려온 건 철 계단을 오르는 빠른 발소리였다.

일출이 가까워지고 있었다. 오늘 아침, 우리는 떠오르는 태양을 보기로 했었다. 하지만 채영은 보이지 않았다. 양치하는 소리도, 말소리도 없었다. 꿈속의 꿈이 아니었다. 정말로, 그녀는 없었다. 나는 아직 묻고 싶은 것이 많았고, 알고 싶은 것도 많았고, 무엇보다 하지 못한 말들이 남아있었다. 하지만 채영은 그날 이후 다시 모습을 드러내지 않았다. 손목에 채워진 순록 뿔각 팔찌를 뒤집어 보았다. 점처럼 찍힌 문양 여덟 개가 작은 대수학 기호처럼 다가왔다. 러시아어를 모르는 내겐 의미 없는 기호에 불과했지만, 왠지 모르게 그 안에 길이 숨어있을 것만 같았다. 나는 생각했다.

단지 하루쯤 지니고 있다 돌려주면 되겠지……. 하지만 그건, 단순한 팔찌가 아니었다.

*

조교로 불러 달라던 캡 모자의 남자는 며칠 사이 오른쪽 뺨 전체에 흰 거즈를 붙이고 나타났다. 한강 변에서 자전거를 타다 넘어졌다고, 시멘트 바닥에 고꾸라져 한쪽 얼굴이 통째로 쓸렸다고 했다. 그제야 나는 조교의 외양을 유심히 살폈다.

기능성 원단의 운동복에 가벼운 런닝화. 빨간 해병대 모자만 씌우면 그대로 교관의 모습이었다. 몸은 다부졌고, 말투에도 단단한 리듬이 있었다. 늦은 나이에 입대한 나는, 교관이란 존재 앞에서 자동으로 긴장했다. 코로나 때문에 거의 외출 없이 부대 안에서 보낸 나날이 머릿속을 스쳤다.

"단합대회 산행은 연기합니다."

다음 주 주말로 예정된 일정이었다. 조교는 영화는 소통의 예술이며, 공동 작업이자 동시에 개인 작업이라는 말로 운을 뗐다. 또 시작이구나 싶은 생각이 들자 저절로 짜증이 일었다. 그는 말을 어렵게 풀어가는 사람이었다. 맥락을 잡는 데 시간이 걸렸고, 말보다 표정에서 먼저 피로를 느꼈다.

이건 나만 그런 게 아니었다. 나중에야 알았지만, 팀원들 모두 조교의 스피치에 어느 정도 피로를 느끼고 있었다. 듣는 이의 집중력보다 자기 말의 무게에 더 신경 쓰는 타입. 답답하다는 평가가 지배적이었다. 보다 못한 기주는 조심스레 권했다. "미디어 허브 30주년 기념 후원의 밤 영상 중에 유명 감독 말 들어봐. 되게 재밌어."

우리는 유튜브를 열었다. 낯익은 이름의 감독들이 응원의 영상 편지를 전하고 있었다. 그중에서도 B감독의 말은 우리를 웃게 만들었다. 대표의 30년을 치하하던 그는, "대표의 발음은 개선되지 않습니다. 귀를 여세요"라는 말을 덧붙였다. 팀원 모두 약속이나 한 듯 터진 웃음이 그 말에 실려있었다.

조교는 늘 '공동작업'이라는 단어로 이야기를 시작했다. 하지만 말뿐이었다. 우리는 듣는 쪽이었고, 들을수록 따로따로 딴청을 피웠다. 영국 유학을 떠났다가 코로나로 귀국한 태경은, 그중에서도 눈에 띄는 인물이었다. 필름 메이커스에 배우 프로필도 올렸다는 그는 전달력이 좋았고, 성격도 또렷했다. 아직 반장 투표는 없었지만, 자연스럽게 팀의 리더 역할을 했다.

반면, 같은 또래인 다현은 달랐다. 작은 목소리로 질문을 반복하게 만드는 인물. 첫인상부터 강한 개성을 풍겼지만, 이상하리만큼 존재감은 옅었다. 까무잡잡한 피부에 숏컷, 검은 뿔테 안경이 얼굴을 절반이나 가렸다. 늘 검은 티셔츠와 검은 데님 차림이라 그런지, 왜소한 체형은 더 작아 보였다.

나는 주로 기주와 같은 테이블에 앉았다. 쉬는 시간이나 틈틈이 영화 이야기를 나누다 보니, 자연스레 가까워졌다. 그리고 또 한 사람. 이름이 명희였던 여성. 대략 오십 대 중후반쯤으로 보였다. 그녀는 늘 말없이 자리를 지켰고, 눈빛은 허공을 유영하는 듯 멀고 조용했다.

조교가 말을 이어가는 동안, 나는 사람들을 구경하며 지루함을 달랬다. 팀원들과 조교의 표정 근육을 하나하나 살펴보았다. 누군가는 눈썹을 치켜세워 이마에 옆주름을 만들고, 누군가는 코끝을 들며 사선을 그었다. 입술을 꼭 다물거나 콧구멍을 넓히며 깊은숨을 고르는 사람도 있었다. 각자 얼굴에 깃든 근육들이 저마다 다른 리듬으로 움직였다. 특히 조교는 양미간 사이, 추미근이 깊게 파여있었다. 말하는 내내 그 주름은 단단히 굳어있었다. 그 모습을 보며 나는 중학교 시절을 떠올렸다.

바닷가 근처 어느 여름 축제, 천막 부스 안에서였다. 한지에 적힌 '전두근', '안륜근', '비근', '소근', '협근' 같은 해부학 용어들이 바람에 나풀거렸다. 그때였다. 귀 그림이 시선을 사로잡았다. 거꾸로 처박힌 태아 형상의 그림이었고, 기묘하게 발목을 잡히는 기분이 들었다. 스님 한 분이 의자에 앉은 사람의 귀를 유심히 들여다보고 있었고, 놀랍게도 그 사람의 귓바퀴가 앞뒤로 천천히 움직이고 있었다. 나는 깜짝 놀라 시선을 피했다가, 이내 조심스럽게 다시 그들의 대화에 귀를 기울였다. 스님은 조용히 말했다. 대부분 사람은 진화 과정에서 귀 근육이 퇴화해 더는 움직일 수 없지만, 간혹 예외도 있다고.

나는 한동안 말없이 귓바퀴 속 태아 그림을 바라보았다. 그리고 생각했다. 왜 나의 청각 기능은 퇴화하지 않았을까. 나는 단지, 평형모래만 없을 뿐이었다.

기주는 그 순간에도 볼우물이 움푹 오므라졌다. 지루하다는 표시였다. 조교는 그걸 눈치챘는지 못 했는지, 변함없는 톤으로 여전히 말을 이어갔다.

"대학 동아리 활동을 통해 어느 정도 사전 지식과 체험이 있는 경우도 있지만, 그야말로 생초짜도 있습니다. 내가 아니어도 누군가가 하겠지, 이런 안일한 생각은 절대 금물이에요. 하기 싫어도 해야 한다는 부담감이 클 수 있지만, 바로 그 강제성 덕분에 짧은 시간에 영화 입문 과정을 마칠 수 있는 겁니다."

조교의 말투에는 다소의 위엄이 실려있었다. '생초짜'라는 단어가 꽂히는 순간 정신이 번쩍 들었다. 마치 내 안을 들여다보며 한 말처럼 느껴졌다. 어깨에 힘이 빠졌다. 쌍시옷 발음을 유독 강하게 터뜨린 조교의 얼굴을 나는 한참이나 바라봤다. 뺨에 붙은 거즈가 그의 말에 따라 크고 미세하게 움직였다. 조교는 잠시 숨을 고르고 말을 이었다.

"어떤 사건이나 사물을 얼마나 다른 관점에서 볼 수 있느냐…… 모두가 '노'라고 말할 때 '예스'라고 할 수 있는 감각, 바로 거기서 창의성이 시작됩니다. 아무튼 소재, 아이템이 중요해요. 메모하세요. 꿈까지. 반드시."

나는 조교의 말보다 그 음성의 굴곡에 더 집중하고 있었다. 손가락으로 무심히 노트 위에 파형처럼 곡선을 그리고 있었다. 강의가 끝나기 십여 분 전쯤, 조교의 음성은 한층 낮아졌다.

그녀

기주의 전화는 하루하고도 여덟 시간이 지난 뒤, 그것도 새벽 한 시가 다 되어서 걸려왔다. 수화기 너머로 들리는 숨소리는 고르지 못했다. "무슨 일 있어요?" 나는 당혹스러움을 숨긴 채, 말끝을 조금 높였다.

"황명희. 그 여자 말예요. 시체 보고 에로틱하다, 그렇게 생각할 사람이 잖아요?"

낯선 어조의 목소리가 수화기를 타고 흘러나왔다. 나는 귀를 의심했다. 자정 넘긴 오밤중에 도대체 이게 무슨 말인가. "기주 씨, 갑자기 무슨 얘기예요? 이 늦은 시간에……?" 하지만 발신자는 분명 '남기주'로 저장된 번호였다. 맨정신이 아니라는 확신이 들었다. 나는 전화를 스피커폰으로 전환했다. 기주는 술에 취한 듯 웃고 있었고, 울음인지 비음인지 모를 소리가 겹쳐 들렸다. 냉장고 문이 열리고 닫히는 소리, 곧이어 캔 뚜껑을 따는 탄산의 쉭 하는 기압 소리. 잠시 후, 폰이 바닥에 떨어진 듯한 '쿵' 하는 소리가 났다.

"아 씨발."

욕이 너무도 자연스럽게 튀어나왔다. "여보세요?" 나는 일부러 톤을 올려 말을 던졌다. 응답은 없었고, 대신 스피커폰에서는 날씨 예보가 흘러나오고 있었다. 아침저녁 일교차가 크다며 환절기 건강을 조심하라는 안내 멘트. 나는 기주의 방 안 풍경을 머릿속에 그려보았다. 옷자락이 스치는 소리, 그리고 다시 이어지는 그의 목소리.

"여보세요?"

"방금 목소리 완전 딴사람 같아 깜짝 놀랐어요. 혹시 술 마셨어요?"

"아니요."

단호한 부정이 돌아왔다.

"방금 맥주 따는 소리 들렸는데요."

그러자 기주는 장난스럽게 웃었다.

"참 귀 밝으셔요. 어떻게 그걸 알아맞히시나."

맥주를 벌컥벌컥 마시는 소리 뒤로, 잠시 침묵이 흘렀다. 나는 속으로 '하나, 둘……' 일곱까지 세었다.

그제야 기주는 입맛을 다시더니 말했다.

"황명희. 그 여자, 그냥 영상 실무 익히러 온 게 아니에요. 무슨 다른 이유가 있어, 분명히."

이제야 제정신으로 돌아온 듯한 목소리였다. 나는 그 뒤에 이어질 무언가를 기다렸다. 기주는 말없이 캔을 구기며, 뭔가를 질겅질겅 씹는 듯한 소리를 냈다.

"기주 씨, 뭐 드세요? 안주요?"

"아귀포요."

그러고는 덧붙였다.

"내일 미디어 허브에서 봐요."

뚝. 전화는 그렇게 끊겼다. 나는 마치 아귀 이빨에 물린 듯한 기분을 느꼈다. 살갗에 뚜렷한 잇자국이 남은 것처럼 오소소 소름이 돋았다. 이튿날 아침. 눈인사를 건넨 황명희가 먼저 말을 붙였다.

"이것 좀 도와주시겠어요?"

텅스텐 조명을 치우고, 어지럽게 널린 케이블을 정리하려는 모양이었다. 나는 백팩에서 노트북을 꺼내려다 말고 "네?" 하며 반사적으로 고개를 들었다. 그녀의 말에는 선뜻 무시할 수 없는 무게가 실려있었다. 새벽녘 기주의 목소리가 다시 내 귓속을 두드렸다. 어쩌면 기주가 그런 말을 한 데는 이유가 있었을지도 몰랐다. 황명희라는 여자가 풍기는 묘한 분위기, 그게 어떤 것인지 이제야 분명해졌다. 그녀는 확실히 어딘가 특이한 데가 있었다. 사실, 나 역시 첫 촬영 답사 날부터 느꼈다.

그날, 미디어 허브를 나서고 얼마 되지 않아, 그녀는 걸음을 멈췄다. 사람 그림자 하나 없는, 임대도 나가지 않은 5층짜리 빈 건물 앞이었다. 붉은 벽돌 외벽은 개화기 시절 건축물처럼 오래된 기운을 풍기고 있었다. 그을린 듯한 세월의 얼룩이 겉으로 드러났다. 도심 한복판, 이른바 금싸라기 땅 한복판에서 건물 전체가 텅 비어있다는 것도 이상했지만, 그 앞에 선 황명희가 꼼짝도 않고 선 채로 있는 모습은 더 낯설었다. 주변 건물들에는 설렁탕, 스시, 돈가스, 브런치, 잔치국수처럼 식당 간판이 빼곡했다. 점심이면 사람들로 북적였고, 국숫집 앞엔 웨이팅 줄도 섰다. 워크숍 첫날, 우리가 늦은 식사를 한 곳도 바로 그 국숫집이었다. 코로나 시국임에도 이 일대 상권은 비교적 생기를 유지하고 있었다. 그 붉은 벽돌 건물은 바로 국숫집 옆이었다.

명희는 잠시 후 두어 걸음 안쪽으로 걸어 들어가더니, 등을 벽에 기댔다. 나는 뭐라 말도 못 한 채 그녀를 바라보고만 있었다. 표정 없이 선 그녀는 턱을 살짝 숙이고, 아래쪽을 응시한 채 움직이지 않았다. 발치에 검은 무언가가 시야에 자꾸 걸리게 했다. 뭔지 명확하지 않았지만, 꽤 거슬렸다. 무더기 담배꽁초, 자잘한 나뭇가지, 쭈글쭈글한 종잇조각들…… 어지럽게 흩어진 오물들이 그 자리를 점령하고 있었다. 왜 굳이 그런 비좁고 지저분한 틈으로 들어가는지 묻고 싶었지만, 명희가 먼저 행동했다.

등을 벽에 바짝 붙인 채, 그녀는 한 발을 옆으로 천천히 뻗었다.

"들어와 볼래요?"

속삭이는 듯한 말투였다. 나는 "네에……." 하고 얼버무렸다. 긍정인지 부정인지 모를 어중간한 대답이 나도 모르게 튀어나왔다.

불쑥 가까워진 거리.

불안과 초조가 동시에 피어올랐다. 무슨 이유였는지는 알 수 없었다. 그녀가 뭐라 한 것도 아닌데, 긴장이 온몸에 번졌다. 그 짧은 순간, 나를 다잡아준 건 그녀의 말끔하면서도 어딘가 체념한 듯한 어조가 아닌, 의외의 것이었다. 햇볕에 반사된 그녀의 귀. 작고 보드라운 귀 끝을 따라 보송한 솜털이 내려앉아 있었다. 빛을 받아 노르스름하게 번들거리는 꽃. 청노루귀꽃. 그녀의 귀에서 노루귀를 연상한 다음에야 나는 자못 곤두섰던 마음을 놓았다.

*

2월에 접어들 즈음 나는 할아버지와 산에 올랐다. 노루귀꽃을 보기 위해서였다. 할아버지는 그 꽃에 설명하기 힘든, 어떤 이상한 집착이 있었다. 키 낮은 잡목들을 헤치고 층층나무, 서어나무, 산딸나무, 뽕나무를 지나면 계곡물을 만난다. 그뿐만이 아니었다. 편백나무 군락지를 지나 새로운 숲길을 내며 헤매고 돈다. 그래도 좀체 모습을 드러내지 않는 야생화, 그게 바로 노루귀꽃이었다.

오랫동안 관절염을 앓은 할아버지는 오다리로 걷고, 환절기에는 어김없이 잔기침을 달고 살았다. 하지만 노루귀가 필 무렵이면 옷매무새부터 달라졌다. 지팡이를 챙겨 들고 문을 나서곤 했다. 때로는 내 손을 꽉 부여잡고 야생 노루귀를 찾아 산길을 오르내렸다. 이끼 낀 돌덩이가 군데군데 박힌 산 중턱쯤, 햇빛은 산 능선을 따라 그림자를 드리웠다. 할아버지는 그늘진 땅을 바라보다가 "이쯤일 거야"라고 중얼거렸다. 신기하게도 그곳에 대체로 꽃이 있었다.

숲은 그저 조용하기만 한 곳이 아니었다. 오히려 고요한 곳일수록 작은 소리가 더 또렷이 들렸다.

앞산 너머에서 가느다란 새소리가 흘러들어왔다. 집을 나서기 전부터 들리던 바로 그 울음소리. 그건 마치 오음계처럼 일정한 패턴을 반복했다.

레레레, 솔, 레레레레레, 솔, 레레.

"이게 무슨 새예요?"

나는 어느 날 이른 아침, 뒤꼍에서 들려온 소리에 귀를 기울이며 할아버지에게 물었다. 하지만 명확한 답은 돌아오지 않았다.

그 전해에도 그랬다. 새는 9월까지 계속 울 것이었다. 나는 호미가 담긴 양철통을 내려놓으며 시무룩해졌다. 그 순간, 멧비둘기 한 마리가 가지를 박차고 날아올랐다. 할아버지는 노루귀꽃을 기다렸지만, 내가 봄을 기다린 건 철새 소리 때문이었다. 봄이면 울기 시작해 가을이면 울음을 멈추는 그 새. 왜 그렇게 새벽부터 울어대는지 알게 된 건, 몇 해가 지나고 나서였다. 숲에서 새소리에 귀를 기울이고 있으면, 할아버지는 내 어깨를 툭툭 치며 말했다.

"멍하니 서 있지 마라."

그는 야생화 찾기에 몰두하느라 젖은 낙엽이며 작은 웅덩이 따위엔 신경도 쓰지 않았다. 오히려 야트막한 둔덕에 털썩 앉아선, 낙엽 미끄럼틀을 타듯 몸을 밀기도 했다. 가끔은 "아직 필 때가 아닌가 보다"며 허탈한 한숨을 내쉬며 산에서 내려올 때도 있었다.

할아버지의 잔기침에 새 무리가 나뭇가지를 흔들었다. 양지바른 중턱, 산 그림자가 길게 드리울 무렵, 할아버지는 놀란 듯 옷에 붙은 지푸라기를 떼어냈다. 나는 배가 고파지기 시작했다. 바지춤을 붙잡고 내려가자고 졸라댔다. 허기가 몰려오면 헛것이 들리고, 헛것이 보였다.

바스락거리는 잎사귀, 스치듯 지나가는 그림자.

그게 뱀일지도 모른다는 생각이 들었다. 심장이 벌떡거렸고 온몸에 피가 빠르게 돌았다. 어느 순간, 정말로 수풀을 스치며 뱀 한 마리가 스르르 기어 나오는 상상에 살갗이 움찔했다. 할아버지는 내가 엄살을 부린다며 말끝을 잘랐다.

내 말은 귀에 들어오지도 않는 듯했다. 나는 점점 화가 치밀었다. 속으로 중얼거렸다. '이젠 혼자 내려가겠어.' 하지만 그것도 잠시, 할아버지의 한마디에 기세는 꺾였다. "네가 생각을 그렇게 해서 그런 거야." 바람이 스쳐 잎이 흔들린 것뿐이라며, 시큰둥하게 말했다. 음지와 양지의 경계를 뚜렷하게 가르며 햇살은 쏟아졌다.

열 살도 채 안 된 아이에게, 노루귀꽃에 대한 할아버지의 집착은 도무지 이해되지 않는 것이었다. 하지만 노루귀꽃을 본 순간, 나는 너무 일찍 어른이 돼 있었다. 잔설을 뚫고 올라온 꽃 한 송이, 할아버지는 숨을 죽이고 다가섰다. 젖은 부엽토 위 자잘한 돌멩이를 피해 무릎을 굽히고, 상체는 땅바닥에 가까울 만큼 낮췄다. 팔꿈치와 무릎이 짓눌리는 자세였지만, 그는 아무 내색도 하지 않았다. 땅에 바짝 엎드려야만 노루귀와 눈높이를 맞출 수 있었다. 청보라 빛과 흰색의 작은 꽃. 음지에서 피는 꽃이지만, 미세한 솜털. 그물처럼 촘촘한 결. 존재를 뽐내는 그 모습을, 사람은 빛 따라 몸을 틀어야 겨우 볼 수 있었다. 나는 숨을 삼키며 그 작은 떨림을 지켜보았다.

하지만 노루귀는 금세 고개를 떨구었다. 마치 몸을 가누지 못하겠다는 듯, 낭창낭창 흔들리다가 그대로 스르륵 기울었다. 태양이 기우는 속도에 맞추어, 나는 발을 조금 더 옮겨 볕이 드는 쪽으로 다가가고자 했다. 비스듬한 둔덕에 두 다리를 뻗는 순간, 몸이 마른 낙엽 위로 데굴데굴 굴러가기 시작했다.

순간 짧은 비명이 나왔고, 뒤이어 할아버지의 절박한 외침이 들려왔다. 그러나 내 몸은 멈추지 않았다. 바람을 가르며 낙엽 위를 구르던 내 시야에 햇살 한 가닥이 아찔하게 들어왔고, 그다음은, 어둠이었다. 사람들의 말소리가 이윽고 울리기 시작했다. 병상 옆에 치는 암막 사이로 흰 천장이 선처럼 스쳐 지나갔다.

"검사 결과가 나왔습니다. 아이는 태어날 때부터 평형모래가 없었네요."

*

습한 날씨였다.

황명희와 마주친 순간, 나는 몸이 물기 많은 천처럼 축축 늘어진 기분이었다. 속에 수분이 다 빠져나간 것 같아 움직임도 둔했고, 무언가를 제대로 응시하는 일조차 버거웠다. 백팩에서 노트북을 꺼내 책상 위에 올려두고, 천천히 몸을 일으켰다.

"많이 피곤해 보이네요?"

어깨를 구부리고 케이블을 정리하던 황명희가 고개를 들며 말했다. 손끝을 푸는 동작이 유독 또렷하게 눈에 들어왔다. 망막을 거쳐 어디론가 깊게 인화될 것만 같은 그녀의 움직임. 나는 시선을 일부러 다른 곳으로 돌렸다. 머리카락은 낮게 묶어 로우번 스타일을 하고 있었고, 양쪽 귀가 고스란히 드러나 있었다. 나는 알 수 없는 모순에 사로잡혔다.

처음 목격했던 그녀의 귀는 지금껏 본 것들 가운데 가장 고운 형태를 지닌 귀였다. 오늘이라고 그 사실은 달라질 것 없었다. 그런데 어째서인지, 갑자기 그것에 대한 관심이 사라져버렸다. 아무렇게나. 그런 나 자신이 싫었다.

혹시 어젯밤, 기주의 말에 무의식적으로 동조된 건 아닐까? 나는 한 번 잠들 기회를 놓치면 그대로 밤을 꼬박 새우곤 하는데, 어제는 밤새 뒤척이기만 했다. 나는 무릎을 어색하게 굽힌 채, 양팔을 올려 기대고 앉았다. 그리고 조심스럽게 물었다.

"제가 뭘 하면 되죠?"

"이 조명 말이에요. 모양이 꼭 우주정거장 같지 않아요?"

"아, 네…… 그런 것 같네요."

"색온도가 3200K래요. 근데 그게 뭘 두고 하는 말인지 잘 모르겠어요."

"글쎄요, 저도요. 정확히는 잘……."

"이 조명, 워낙 열이 많아서 오래 쓰면 화상 입을 수 있대요. 진짜 조심해야 해요."

"그렇군요."

기주가 강의실 문을 열고 들어왔다. 아이스아메리카노를 손에 들고 있었다.

"카페인 좀 넣어야 살 것 같아서요."

누구 들으라는 듯, 기주는 또랑또랑한 목소리로 말했다. 내 맞은편 자리에 가방이 놓여있었던 걸 보니, 기주는 일찌감치 와 있었던 모양이다. 새벽 전화에 대해선 미안하다며, 입꼬리를 살짝 들어 올렸다. 피곤한 낯빛이었다.

촬영 담당 강사는 오른팔에 깁스를 하고 있었다. 반대 손엔 벤티 사이즈 커피가 들려있었다.

"몸이 이래서, 죄송합니다."

강사는 처음 말을 꺼내며 고개를 숙였다. 일의 피로인지 부상의 여파일지 모를 나른한 분위기였다. 그는 어쩔 수 없다는 듯 웃으며 강의를 시작했다.

"20년 넘게 촬영 일을 해왔지만, 사실 아직도 잘 모르겠어요."

그 말에서 이상하게 신뢰가 생겼다.

'20년', '모른다.' 그 두 단어가 귓속에 오래 맴돌았다. 검은 뿔테 안경 차림의 강사는 담담했다. 지지난 주, 야외 아이돌 공연 무대에서 촬영하다가 그만 무대 바깥으로 떨어졌다는 설명이었다.

팔이 부러진 상태에서도 대표님이 다른 대체 인력이 없다고 부탁해서 어쩔 수 없이 이 자리에 나섰다고 했다. 우리 대부분은 '대표님'이란 말에 반응했다. 어쩌면 조교를 그렇게 부르는 것이 객관적으로는 합당할지도 모른다. 하지만 어색함을 지울 수 없었다. 우리 기수는 하나같이 좌우로 시선을 돌리며 눈짓을 주고받았다.

"색은, 빛입니다. 빛은 파장이구요. 주파수가 있죠…… 가령 음파처럼요." 강사의 말은 천천히 리듬을 탔다. "촬영이라는 건 결국, 그 빛을 어떻게 다루느냐의 문제입니다."

"자, 가시광선이 뭘까요? 다들 아시겠지만 우리는…… 태양이 물체에 반사된 결과만을 볼 수 있어요. 검은색은 모든 빛을 흡수하죠. 반대로, 흰색은 거의 다 반사합니다."

강사는 잠깐 숨을 고르며 주위를 둘러봤다.

"무지개 아시죠? 우리가 보는 색의 범위는 무지개가 대표적입니다. 뉴턴이 프리즘을 통해 빛을 일곱 색으로 분리했죠. 그런데요…… 이 분류는 과학적이지 않습니다."

그는 어깨를 한번 으쓱하며 웃었다.

"왜 일곱일까요? 일주일이 7일이고, 음계도 7개, 태양계 행성도 일곱이었던 시대였거든요. 그래서 그냥 그렇게, 비과학적으로 정한 거예요. 뉴턴이 말이죠. 좀 재밌죠?"

말끝에 웃음을 담던 강사는 벤티 사이즈 아이스아메리카노를 입에 가져갔다. 얼음이 반 이상 차 있었고, 긴 빨대가 볼 옆으로 툭 튀어나왔다. 빨대를 깊게 물고 한 모금 삼킨 그는 으허, 하고 소리 내며 다시 말을 이었다.

"현대 과학은 다릅니다. 파장은 주파수의 영역이에요. 소리도 마찬가지죠. 휘고, 반사되고, 매질에 따라 성질이 달라집니다. 그러니까…… 빛을 이해하면 소리도 이해가 되는 거예요."

강사는 고개를 한 번 뒤로 젖히며 목을 풀었다.

"자, 다시 조명 이야기로 돌아가 봅시다. 하드 라이트든 소프트 라이트

든, 핵심은 그 빛이 어떤 '용도'로 사용되느냐입니다. 장비 성능, 스펙,
사용법…… 그런 건 백날 공부해도 소용없어요. 결국, 좋은 촬영은 빛을
제대로 아는 데서 시작합니다. 그게 전부예요."

강사가 잠시 말을 멈추고, 깁스한 팔을 매만지던 그 순간.

"강사님! 인물 사진 찍을 때 렘브란트 조명이 좋은가요?"

황명희가 물었다. 맥락과 영 거리가 있는 질문이었다. 하지만 말투는 또
렷하고 명료했다. 강사는 안경 너머로 눈을 약간 치켜떴다. 고개를 젖히
는 자세가 익숙한 탓인지, 어울리지 않게 나이 든 사람처럼 보였다.

"좋은 질문이에요."

강사가 말했다.

"지금보단 나중에 실습하면서 직접 다뤄볼게요. 10분만 쉬었다가 다시
시작하죠."

그는 말을 마치고, 조심스레 의자에 기대어 앉았다. 깁스가 많이 불편해
보였다. 수업은 아직 이십여 분이나 남아있었지만, 누구도 토를 달지 않
았다. 말의 끊김으로 인해 공간은 잠시 느슨해졌다. 팀원들이 하나둘 자
리에서 일어났다. 휴게실 쪽으로 걷는 이도 있었고, 휴대폰을 꺼내는 사
람도 있었다.

기주와 나는 바깥으로 나왔다. 습기 머금은 공기 사이로, 천천히 걷는
발걸음이 서로의 호흡을 따라갔다.

"황명희 씨 질문, 좀 돌발적이었죠?"

나는 기주 쪽으로 어깨를 살짝 틀며 말을 건넸다.

"그러게요. 극과 극 사이를 오가서 진짜 종잡을 수 없어요."

기주는 고개를 끄덕이기 시작했는데, 그 반복이 어딘가 틱처럼 느껴졌다. 그러다 문득, 내 팔꿈치를 툭 잡더니 CGV에서 일했을 때 이야기를 꺼냈다.

"거기 조명 기억나요? 빗물에 반사된 빛이 흔들리던 장면…… 오늘 강의 들으면서 그게 떠올랐어요." 그는 관자놀이에 손가락을 가져가 눌렀다. 이마 근육이 한참 동안 펼쳐지지 않았다. 나는 기주의 귀 가까이 입을 대고 속삭였다.

"빛이랑 소리…… 다 연결돼 있다고 강사님이……."

숨결이 닿았는지 기주는 귀밑머리를 쓰윽 쓸어내렸다. 당황스러웠다. 친근감을 표현하고 싶었을 뿐인데, 방식이 서툴렀다. 기주는 다행히 웃었다.

"흑백 영화, 드레이어, 그거 검색해 봤는데 못 찾았어요."

그러곤 자연스럽게 내 어깨에 팔을 얹었다. 나 역시 고개를 끄덕였다.

"저도 찾아봤는데…… 그 단편은 없더라고요. 포기할까 했는데, 그런데도 영화관 조명 아래에서 빛이 퍼지듯…… 바이크 속도에 따라 배기음이 커졌다 작아졌다 하는 장면, 보고 싶었어요."

그에 덧붙여,

'우린 빛과 소리의 장에 갇혀있는 건지도 몰라.'

그런 말을 하려다 멈췄다. 입안에서만 굴리다가, 삼켰다. 낯간지러운 이
야기니까.

"렘브란트 조명에 대해 아까 질문 주셨죠."
강사의 목소리가 다시 공간을 채웠다.
"보통 인물의 광대뼈 아래, 삼각형의 빛 그림자를 만드는 걸 렘브란트
키라고 합니다. 사진에서는 비교적 쉽게 잡히는데, 영상에서는 지속하
기 어렵죠. 순간에 매몰되지 않아도 됩니다."
그는 셀로판지를 들어 올렸다. 빨강, 노랑, 파랑, 초록. 네 가지 색이 그
의 손끝에서 가볍게 흔들렸다. 조명 앞에 가까이 대자, 부스럭거리는 셀
로판 소리와 기기에서 나는 쇳소리가 강의실의 정적을 스르륵 헤집었
다. 강사는 왼손잡이였다. 왼손으로 판서를 하기도 했다.
'렘브란트, 키 라이트, 백 라이트.'
흰 칠판 위에 매직펜 글씨가 또렷하게 박히는 소리. 눈을 감고도 필체의
매끄러움을 짐작할 수 있을 정도였다. 그때, 강의실 안쪽의 또 다른 문
하나에 눈길이 갔다. 약 30센티 높이의 유리블록 문턱. 처음 이곳에 왔
을 때부터 이상하게 느껴졌던 그 문턱이었다. 투명에 가까운 불투명, 장
식이라고 하기엔 어중간한 구조. 정오 무렵, 해가 그 지점에 걸리면 그
문턱으로 스며든 빛 그림자가 강의실 바닥에 기묘하게 드리워진다. 조
교는 말했었다.

"이번 기수를 끝으로 여긴 접을 예정이에요. 1년 임차 사무실인데……
등록 인원이 너무 적어요."

강사는 유리블록 문턱 쪽을 스치듯 바라봤다. 그리고 손에 들린 셀로판
지들 가운데 하나를 집었다. 기획하지 않은 듯, 하지만 정확히 타이밍에
맞춘 손놀림이었다.

"사람의 눈은 카메라와 다릅니다. 결국 중요한 것은 감정이라고도 할 수
있어요."

강사는 그렇게 운을 뗐다.

"왜 그레이 톤이 좋다고 할까요. 눈의 피로도를 낮추기 위해서입니다.
주황 계열은 상대적으로 안정적이죠. 형광등 밑에서 촬영하면 사람이
창백해 보일 때가 있어요. 그럴 땐 그린을 빼주는 작업을 해야 합니다.
차 안에서 촬영을 한다고 가정해 봅시다. 차창은 대부분 코팅이 되어있
죠. 깔끔하게 찍고 싶다, 하면 이미 초록이 있다는 걸 감안해서 화이트
밸런스를 맞춰요. 색감을 맞춰주는 게 오히려 포인트예요. 꼭 비싼 카메
라를 쓰는 것보다 말이죠."

그는 테이블 위에 놓인 셀로판지를 내려두고 천천히 자리에 앉았다. 아
이스아메리카노 잔 속 얼음은 많이 녹아있었다. 한 모금 커피를 들이켠
뒤, 그는 잠시동안 혼잣생각에 빠졌는지 쿡쿡, 웃음소리를 흘렸다.

"필름 카메라만 있던 시절에는 카메라 렌즈 하나에 천이백만 원 넘는 것
도 있었어요. 그게 망가지면 독일에 보내서 수리해야 하니 시간도, 돈도

많이 들었죠. 그러니 렌즈에 조그마한 손상만 있어도 난리 났죠. 촬영팀 스태프들은 우린 렌즈를 모시는 노예다, 라고 자조하곤 했어요."

렌즈, 라고 말할 때마다, 나는 그의 눈빛이 미세하게 떨리는 것을 관찰했다.

"카메라 바디는 큰 그림, 기록을 맡고 있지만 디테일은 렌즈가 잡습니다. 질감, 콘트라스트, 색감…… 이게 렌즈마다 미묘한 차이가 있지요. 뭐 이 이야기는 나중에 하고, 백 라이트. 화장품 광고 같은 곳에서 입체감을 살리기 위해 자주 쓰는 기법이죠. 빛으로 3D를 2D에 구현하는 셈이죠."

가끔 그는 말끝을 조금 끌면서, 부드러운 미소를 머금고 묻곤 했다. "혹시 질문 있으신가요?" 그리고 정적이 도는 것을 관찰하고 말을 이어나갔다.

"실내 촬영에선 내부 조명을 엄청나게 켜야 할 때가 많아요. 우리끼리는 '불 지른다'고도 하죠."

조명이 많을수록 무겁고 번거롭지만, 하며 그는 스태프들의 육체적 고충에 관한 몇몇 뒷이야기들을 털어놓았다.

"HMI 조명은 야외 촬영에 적합하고, 텅스텐 할로겐보다 효율성이 높아요."

그는 이제 얼음만 남은 커피를 습관적으로 들이키곤 했다.

"아까 그린을 빼야 한다고 말씀드렸죠. 라이팅을 그대로 쓴다고 하면 그린 필터를 먹이는 방법이 있죠. 두 번째는? 그린을 보색대비로 다 땁니다. 이러면 시간이 꽤 걸리겠죠. 그리고 세 번째. 핑크로 있다가 핑크 없는 곳으로 갑니다. 그러면 우리 눈이 세상을 그린으로 인식하죠. 보색대비라고, 미술 시간에……."

말이 계속 이어졌지만 지루하진 않았다. 실제 현장을 겪어낸 사람만이 가질 수 있는 생생함이 목소리에 깃들어 있었다. 황명희는 그런 말을 놓치지 않고 들었고, 가끔은 강사의 유머 코드에 작게 웃으며 호응하기도 했다.

"조명은 관찰에서 시작합니다. 자신만의 철학은 일상에서 쌓이죠. 빛은 계절에 따라, 시간에 따라 다릅니다."

강사의 말은 점점 조용한 울림으로 흘러들었다.

"거실 장면을 찍는다고 가정해 보세요. 등을 다 켜고 밝게 찍을 것인지, 외부 빛으로 명암을 잡을 것인지. 저라면 외부에서 들어오는 자연광을 선택하겠습니다."

그는 가볍게 숨을 고르며 덧붙였다.

"예전엔 가로등이 나트륨등이어서 오렌지빛이나 붉은빛이 도는 경우가 많았죠. 그걸 텅스텐 할로겐 조명으로 덧입혀 달빛처럼 만들곤 했습니다. 이제는 그런 월광의 낭만도 없어졌어요."

마지막 말에선, 어쩐지 진심이 느껴졌다.

"요즘 조명 감독님들은 텅스텐 3200에 HMI 5600을 섞어 연하게 쓰죠."

강사의 목소리가 잠시 낮아졌을 즈음, 황명희가 다시 손을 들었다.

"숫자는 색온도를 말하는 거죠?"

황명희는 이미 알고 있는 걸 질문하는 것 같았다.

소실점 사내

진실은 때때로 폭력처럼 들이닥친다. 그것에 정면으로 맞아 본 사람이라면 안다. 그날은 내 초등학교 졸업식을 하루 앞둔 날이었다. 할아버지의 청력이 갑작스레 약해지기 시작한 것도, 그 무렵이다. 그때부터였다. 할아버지의 귀는 세상의 소리보단, 식물의 소리에 더 민감해졌다. 수선화, 개양귀비, 패랭이, 맨드라미, 청노루귀, 심지어 알로카시아 같은 관엽식물까지.

그가 돌보는 식물들은 하나같이 묘한 형태로 자라났다. 포물선, 마름모, 다이아몬드, 완만한 원, 불가사리 모양까지. 그림처럼 자라는 줄기와 잎은, 마치 음악이 도형으로 나타난 듯 정확한 대칭을 이루었다. 그건 단순한 이상 현상이 아니라, 하나의 조형 언어처럼 느껴졌다. 아이였던 나는 놀라움에 손뼉을 치고 환호했지만, 속으로는 이렇게 생각하고 있었다.

'이건 원래 할아버지 안에 있던 게, 이제야 밖으로 나온 거야.'

그도 그럴 것이, 나 역시 숲의 소리를 멜로디로 떠올릴 수 있었으니까.

"얘야, 네 안에서 번지는 네 소리를 들어야 해."

"그게 뭔데요?"

"찾아야지. 네 안에 있단다."

"무슨 말이에요……. 할아버지는 제 말도 안 들리잖아요?"

"그럼. 네 눈동자가 떨리는 게 보이거든. 네가 늘 생각하는, 보이지 않는 주파수 같은 거야."

"할아버지는 모르는 게 없네요."

일곱 살 무렵이었을까. 숨이 턱까지 차오를 때까지 들판을 달리곤 했다. 나비와 날벌레, 그리고 멀리서 들려오는 새소리만이 친구였던 시절. 축축한 흙 속에서 기어 나온 쥐며느리를 손바닥에 담아 바라보던 기억. 그 시절, 숲은 마치 하나의 오케스트라였다. 각기 다른 악기들이 각자의 파트로 속삭이듯 연주를 이어가고 있었다. 나는 왜 자연의 소리를 음표로 기억하게 되었을까. 설명할 수는 없었다. 다만, 그렇게 들렸고 그렇게 기억됐을 뿐이다.

어릴 때부터 나는 어딘가 남들과는 달랐고, 비교하는 법도 몰랐다. 그저 어려운 시절엔 스스로 견뎌야 했다. 그걸 안 건, 겨드랑이에 털이 나기 시작할 무렵. 세상 사람들 모두, 저마다의 방식으로 힘들게 살아가고 있다는 걸 알게 되었을 때였다. 물론 고통엔 스펙트럼이 있다. 고급 리조트에서의 불편과 교도소의 노역이 같은 무게일 수는 없다. 다행인 것은, 사람은 시간이 지나면 고통에 익숙해지기도 한다는 점이다. 사람이건, 사물이건 점점 나에게서 떠나갔음에도 세상은 여전히 그대로 흘러갔다.

전정기관에 이상이 있다는 걸 처음 알게 된 건 절벽에서의 사고 때문이었다. 20미터가 넘는 낭떠러지에서 굴러떨어졌지만, 가벼운 찰과상 외에는 이상이 없었다.

그 후 병원에서 들은 말은 믿기 어려웠다.

"아이에겐 평형모래가 없습니다. 타고날 때부터 그랬던 것 같습니다."

의사들도 고개를 갸웃거렸다. 평형모래란, 누구에게나 있는 작은 이석. 그게 떨어져 나가면 심한 어지럼증을 겪는다. 하지만 내게는 처음부터 없었고, 그런 사례는 학계에 보고된 바가 없었다. 나 자신조차도 그때까지 몰랐다. 내 몸 안에 빠져 있는 조각이 있다는 것을. 의학적 도움도, 해답도 없이 나는 그저 그렇게, 조금 다른 채로 살아왔다.

어린 시절, 나는 '코 잡고 돌기 놀이'를 해도 어지럽지 않았다. 친구들은 신기해했지만, 나는 대수롭지 않게 여겼다. 그런데 그게 곧 나와 일반인들 사이 차이가 되었고, 그 차이는 금세 괴리로 바뀌었다. 그때는 몰랐다. 다르다는 사실이 따돌림의 이유가 될 줄은. 놀림 받을까 봐 센 척도 해봤지만 소용없었다. 결국, 나는 혼자가 되었고, 점점 방 안에 머무는 시간이 길어졌다. 그 그림자 속에서 나를 밖으로 꺼낸 사람은 채영이었다.

채영은 초등학교 3학년 무렵, 시골에서 서울로 전학 온 아이였다. 명절이면 부모님 손 잡고 시골에 내려왔다가 며칠 머무르곤 했다. 그날도 그랬다. 친구들과 사소한 다툼 끝에 몸싸움을 벌이던 날. 싸움이 끝난 뒤, 흙먼지를 뒤집어쓴 나를 채영이 우연히 보게 된 것이다. 코피가 원피스에 번져 붉은 물감을 찍은 듯 퍼졌고, 그걸 본 순간 나는 오히려 내가 놀라, 울음을 꾹 참아야 했다. 코끝을 타고 내려온 피. 입술을 타고 흘러든, 입안 가득 퍼진 비릿한 맛이 내 몸에 남아있는 듯했다.

그때였다.

채영이 다가와 말없이 내 어깨를 감싸 안았다. 가볍게 등을 두드리며 말했다. "괜찮아. 정말 괜찮아."

그 한마디. 이상하게도 말은 감정의 결을 따라 스며들었다. 그녀의 손길, 따스한 체온, 옆에 함께 있어준 그 순간이 오랜 시간이 지나도 기억 속에서 사라지지 않는다.

나는 그날 이후로 음악을 들을 때마다, 종종 리스트의 〈위안〉을 떠올린다. 그 선율 어딘가에 채영의 어깨가, 그리고 위로가, 겹쳐있다.

어제의 '소리꿈 일기'에는 불타는 종이의 이미지가 남아있었다. 소나무가 뿌리째 쓰러지며 우지끈 소리를 내고, 전봇대가 기울어지면서 지지직, 전선이 끊어진다. 불꽃은 사방으로 튀고, 마른 잡풀에 순식간에 옮겨붙는다. 화염은 집 기둥을 집어삼키고 지붕을 무너뜨린다. 하늘은 검은 연기로 덮이고, 비명을 지르며 불길을 뚫고 뛰어나오는 여자가 있다. 그 순간, 꿈속의 나는 외친다.

"엄마다!"

하지만 소리는 입술을 뚫고 나오지 못한다. 강력한 접착제로 붙여놓은 듯, 윗입술과 아랫입술은 서로 달라붙었다. 이불 속에서 몸을 웅크린 나를 감싸고 있던 건 오직 감정. 그 리얼함. 꿈속의 꿈에서도, 나는 분명히 느끼고 있었다. 놀람은 곧 두려움으로 바뀌는 와중에서도. 잠에서 깨어난 뒤, 가장 먼저 내뱉은 말은 이것이었다.

"기억이 날 것도 같은데……."

그 기억의 주체는 불분명했다. 다만 분명한 것은, 생각을 반복하다 보면 언젠가는 떠오를 거라는 막연한 믿음이었다. 하지만 그날 하루 종일, 기억은 실처럼 손에서 미끄러져 결국 휘발되고 말았다. 꿈이 자꾸만 반복된다. 기억이 아닌 것처럼 시작된 장면들이 점점 선명해지다, 어느 순간엔 진짜였던 것처럼 나를 움켜쥔다. 그렇게 현실과 꿈의 경계가 모호해질 때, 감정은 오히려 가장 확실한 실체가 된다. 그래서 나는 '기억을 꿈꾸는' 사람처럼 살아간다. 소리꿈 일기 중 일련번호 360번의 제목은 유독 유쾌했다.

'오동통한 한 마리 돼지의 합창. 로또를 살까?'

돼지는 한 마리 같았지만, 여러 마리였다. 그들이 입을 모아 합창을 시작했다. 처음엔 밝고 경쾌했지만, 곧 박자와 음정이 뒤엉켰다. 천 개의 메가폰이 동시에 외치는 듯한 소리에는 화음이란 없었고, 따라서 노래라기보다 소음에 가까웠다. 어딘가에서 당구공 부딪는 소리가 크게 들려 나는 잠에서 깼다. 나는 그것이 옆집에서 난 것이라는 사실을, 그리고 그 집은 지금 비어있는 집이라는 사실을 깨달았다. 화재 이후 아무도 살지 않는다는 걸 뻔히 알면서도, 나는 그 소리를 분명히 들은 것이다. 소리 한 덩이라는 감각이 때로 기억의 진실보다 더욱 내 정체성에 중요한 영향을 미쳤다는 사실을 체감했다.

403호에 불이 나기 전날, 나는 그와 함께 있었다. 그를 '소실점 남자'라고 부르기 전까지, 그는 단지 얇은 벽 하나를 사이에 둔 이웃이었다. 낡은 원룸 건물의 403호 사내와 402호에 사는 나. 왜 그를 그렇게 불렀는지는 처음엔 깊이 생각하지 않았다.

이 동네는 몇 해 전까지만 해도 대부분 논이었다. 가을이면 누렇게 물들던 들판이 이제는 아파트와 상가들로 변했지만, 건물 사이로 비치는 저녁 햇살은 여전히 그때처럼 아름다웠다.

그를 처음 제대로 본 건 근처 은행나무 숲길에서였다. 그날따라 산책 나온 사람이 거의 없었다. 그는 느린 걸음으로 석양을 따라 걷고 있었고, 은행나무 길 끝자락에서 붉어진 하늘을 향해 고개를 살짝 젖히고 있었다. 멀리서도 나는 그가 403호에 사는 이라는 걸 알아차렸다.

빛에도 차원이 있다는 생각이 들었다. 그가 마치 소실점처럼 멀어지면서도 중심에 있는 사람처럼 느껴졌기 때문이다. 나는 발걸음을 재촉해 그와의 거리를 좁혀갔다. 그런데 먼저 말을 건 쪽은 그였다. 우리는 그날, 두 번째로 얼굴을 마주했다. 처음 본 날 그는 알로카시아 화분을 들고 있었고, 나는 급히 외출 중이었다. 서로 그저 가볍게 눈인사만 하며 스쳤을 뿐이다.

"402호! 이렇게 밖에서 보니 더 젊어 보이네요."

"안녕하세요. 여기 자주 오세요?"

"해넘이 보러 가끔 와요."

"그렇군요."

"사나흘 전, 해지는 거 봤어요? 아주 강렬했어요. 색이 기가 막혔다니까요. 거의 빛의 교향곡이었죠."

"못 봤어요. 늦게 주무시는 편이세요?"

"왜요?"

"당구공 소리가 좀 들려서요."

"작게 해두긴 했는데, 미안해요. 그런데 귀가 좀 예민하신 편이긴 해요. 여기 비행기 지나다니는 소리는 힘들어서 어떡해요?"

"그건 익숙해서 괜찮아요."

"그럼 다른 데로 이사하는 게 낫지 않겠어요?"

"여기가 월세가 싸고 역도 가까워서요."

"그건 맞아요. 나도 형편이 넉넉지 않아 이리 왔으니까."

우리 둘은 넉넉하지 못한 사람들이 자기 이야기를 하면 흔히 그렇듯, 괜히 민망한 느낌에 잠시 어쩔 줄을 몰랐다. 어색한 분위기를 바꾼 것은 403호 남자였다.

"이봐요, 당구 칠 줄 아세요? 근처에 괜찮은 당구장 있는데."

"저는 못 쳐요."

"한 번 배워봐요. 울림이 꽤 있어요."

"울림이요."

"공이 잘 맞으면요, 회전이 장난 아닙니다. 회전이라고 하니, 옛날에 야구선수 최동원 선수 아시죠? 전성기 때 말예요. 던지는 공의 회전수가 4000rpm까지 나왔다고 해요."

그쯤에서 나는 더 이야기하지 않았다. 신이 난 듯 그의 목소리 톤이 높아졌고, 내 어깨 위로 양팔을 올린 순간 그의 체온이 후끈 전해졌다. 그제야 그의 눈동자가 또렷이 들어왔다. 깡마른 얼굴엔 덥수룩한 수염이 있었고, 메마른 피부는 자신의 몸에 대한 정신의 오랜 피로와 무관심을 짐작게 했다. 폭염에 완전히 물기를 잃은 듯한 외양과 달리, 눈빛만큼은, 진한 녹갈색으로 촉촉했다. 그의 눈동자에 비친 내 얼굴이 잔잔히 흔들렸다. 나는 그 흔들림에서 설명할 수 없는 낯섦을 감지했다. 얼버무리듯, 집에 일이 있다고 말하며 그의 양손을 조심스레 떼어냈다. 손끝에서 온기가 느껴졌다.

그의 손등은 마치 반건조된 생선처럼 앙상했다. 하지만 그는 곧바로 손을 풀지 않았다. 내가 손을 포개자, 그 역시 다른 손으로 덮어왔다. 손끝에서 시작된 이상한 울림이 혈관을 타고 온몸으로 퍼졌다. 우리는 한동안 손을 그대로 맞댄 채, 마주 본 채 있었다. 그 짧은 시간 동안 서로의 눈빛 너머에 있는 무언가를 들여다보는 듯했다.

속으로 셈을 시작했다. 1초, 2초, 3초…… 7초를 넘어서려는 찰나, 그가 말했다. "힘내요, 젊은 친구." 낮은 목소리였지만 묘하게 무게감이 실려 있었다. 마치 주문처럼 손이 저절로 풀렸다.

노을은 사그라지고 있었고, 남은 빛은 천천히 사방을 감쌌다. 구름 사이로 청보라 빛 어스름이 번지면서 천변 풍경의 경계가 서서히 흐려졌다.

집에 돌아온 나는 샤워를 오래 했다. 평소와는 다른 감정이 남아있었다. 그가 어떤 사람인지, 새삼 궁금해졌다. 낮, 밤 없이 불규칙하게 드나드는 걸 보면 일반적인 직장인은 아닐 것 같았다.

특히 당구 이야기를 할 때, 그가 말하던 열역학 얘기가 마음에 걸렸다. 샤워 도중에 물이 뚝뚝 떨어지는 알몸으로 나와, 구글에 검색을 시작했다. 탁구공이나 테니스공보다 느리다. 하지만 순간 속도가 당구공은 시속 30킬로미터에 이르며, 그때의 표면 온도는 섭씨 250도까지 올라간다. 당구공이 서로 부딪칠 때 5톤의 압력까지 견딘다고 했다. 나는 당구공이 부딪치는 소리를 들으며, 시속 30킬로로 달려오는 5톤 트럭의 엔진음을 상상했다.

당구공은 40만 번 이상 쳐도 깨지지 않고, 열에도 변형되지 않는다. 그는 밤새 TV를 틀어놓고 당구 경기를 보면서도, 정작 생각은 rpm처럼 전혀 다른 데 가 있었는지도 모른다. 두어 시간이 지나고, 도어록 터치음이 들렸다. 봉지가 문에 부딪히는 소리도 났다. 그는 또다시 밤을 채울 무언가를 사 온 듯했다.

나는 의사에게 보여줄 꿈 노트를 펼쳤다. 보다 정확히 말하자면, '소리 꿈'에 관한 기록이었다. 나는 소리로 사건을 기억하지만, 원장은 그것을 다시 분절하여 이미지화한 다음 그것을 분석한다. 이런 방식으로 치료가 되는 건지 아닌 건지는 솔직히 확신이 서지 않았다. 그럼에도 약을 따로 처방하지 않는다는 이유로 나는 지금 다니는 병원이 마음에 들었다.

원장이 내게 바라는 건 단 하나, 꿈 목록을 꾸준히 작성해 오는 일이었다. 상담의 예후를 지켜보는 과정이라고 했지만, 환청이나 환각에 시달리는 일반적인 사례와는 달라 연구 대상으로 분류되었다는 뜻이기도 했다. 처음엔 내가 실험 대상으로 취급받는다는 사실이 불쾌했다. 학술 자료로 발표할 만큼 드문 케이스라며 진료비 청구 대상에서 제외된다 했고, 결정은 시간을 두고 하라고 권했다. 나는 결정까지 사흘을 곱씹었다.

할아버지의 갑작스러운 부재로 마음 둘 곳 없던 시기에, 원장은 나에게 있어 친구 이상이었다. 지금은 한 달에 두 번, 병원이 문을 닫을 무렵 찾아가 진료를 받고 때로는 식사를 함께할 정도로 가까워졌다.

늦은 밤까지 잠들지 못한 채 나는 들었던 소리들을 되짚었다. 벽 너머에서 희미하게 TV프로그램의 배경 음악이 새어 나왔다. 그는 또다시 당구를 보고 있다. 돌아오자마자 케이블 방송을 트는 게 습관인 듯했다. PBA 리그에서 꾸준히 우승한 쿠드롱이 벨기에 출신이라는 사실을 나는 아직 알지 못하고 있었다. 당구공의 80퍼센트가 벨기에에서 생산된다는 것도 마찬가지였다. 예전엔 당구공이 부딪히며 깨질 때 총소리처럼 들려, 군사 훈련 중이던 병사들이 실제로 총을 집어 들었다는 이야기도 미처 몰랐다.

뻥, 하고 과자봉지 터지는 소리가 났다. 질소가 충전된 봉지를 일부러 소리 나게 힘주어 터뜨린 모양이었다. 50대 중반쯤 되어 보이는 사람이 그런 아이 같은 행동이라니. 돌이켜 보면 처음부터 조금 엉뚱하고 예측 불가능한 인상이었다. 과자 하나 먹는 일에도 굳이 저럴 필요가 있을까 싶어, 나도 모르게 실소가 새어 나왔다.

403호, 소실점 사내는 그날 이후 모습을 드러내지 않았다. 뒤늦게 들은 이야기로는, 그가 방 안에서 불을 낸 뒤 야반도주했다는 것이었다. 몇 달째 밀린 월세에 보증금까지 소진한 상태였고, 마지막으로 남긴 건 송금하겠다는 짧은 문자뿐이었다. 나는 그 말에 어이가 없었던 나머지 쿡, 하고 웃었다.

이후 나는 몇 차례 구름다리를 찾았다. 그냥 지나치기 어려웠다. 노을이 청동빛으로 물들 무렵이면 혹시나 하는 마음에 발걸음을 멈췄고, 가끔 은 구름다리 한가운데까지 가서 서성이기도 했다. 흔한 주홍이나 주황, 노랑 계열의 노을과 달리 푸른빛 노을은 보기 드문 풍경이었다. 두터운 구름은 빛을 품은 채 다양한 모양으로 모습을 바꿔갔다. 나는 그 자리에 서 한참을 구름을 바라보았다. 혹시라도, 그가 다시 나타날지도 모른다 는 생각에 좀처럼 자리를 떠나지 못했다.

그러나 그는 끝내 나타나지 않았다. 해가 완전히 사라질 때까지는 적어도 20분쯤 걸리지만, 나는 그보다 더 오래 서 있었다. 어둑해진 길을 천천히 걸어 돌아왔다.

밤이 깊어지면 어김없이 당구공 부딪는 소리가 들려왔다. 그 소리는 마치 시속 30킬로로 나를 향해 돌진하는 5톤 트럭처럼, 강렬하게 다가왔다. 소리 하나에 그렇게 큰 무게가 실릴 수 있다는 것이 경이로웠다. 에너지를 품은 장, 그리고 소리.

그 소리를 생각하면 생각할수록, 나 역시 그와 연결되어 있다는 확신이 생겼다. 함께 당구를 쳐보지 못한 것이 두고두고 아쉬울 뿐이었다.

틈, 돌거울

사나흘 만에 본 조교의 얼굴은 부기가 제법 빠져 있었다. 광대뼈에 붙은 거즈가 조심스럽게 들썩였고, 뺨 주위를 더듬는 손길이 자주 올라갔다. 20년 넘도록 자전거로 통근을 해온 그의 습관은 단순한 건강 관리 차원을 넘어선 것이었다. 매일 반복되는 일상을 버텨낸다는 건 말처럼 쉬운 일이 아니었다. 그 무게를 우리는 잘 알고 있었다. 조교가 어깨를 펴고 일상을 말할 때면 은연중 힘이 실리는 이유도 거기에 있었다.

이른 점심을 먹자고 한 건 조교였다. 가격도 저렴하고 양도 넉넉한 식당을 안다며, 그곳에서 식사한 뒤 근처 산책 겸 산행을 하자는 제안이었다. 원래 계획은 서울을 벗어나 근교 산을 오르는 것이었지만, 그의 사고로 인해 일정이 바뀌었다. 조교는 단합에는 역시 산행이 최고라며 아쉬움을 드러냈다. 그 시기, 우리는 소통의 필요성을 절감하고 있었기에 누구도 마다하지 않았다.

기주와 나는 눈을 마주치자 곧장 자리를 털고 일어났다. 다현과 태경도 다른 테이블에서 조용히 소지품을 챙겼다. 황명희는 여전히 고개를 떨군 채 손을 매만지고 있었다. 조교는 유리블록이 끼워진 출입문으로 다가가 손잡이의 잠금장치를 눌렀다.

투명한 문턱 사이로는 초록 식물이 틈새를 비집고 자라고 있었다. 황명희는 그 식물을 응시하고 있었다. 나는 문밖을 바라보며 속으로 일곱까지 셌다. 이윽고 그녀가 조용히 일어나 내 왼편으로 지나갔다. 실내는 의자 끌리는 소리로 잠시 소란스러워졌다.

조교는 식당까지 대략 십오 분 정도 걸린다며, 가는 길에 촬영 장소로 좋을 만한 곳이 있으면 눈여겨보라고 했다. 출입문을 나선 뒤에도 그의 말은 끊이지 않았다. "지난 기수가 올린 제작일지 참고해서, 카페에 올려 주세요. 분량은 자유고요." 그는 모자를 고쳐 쓰며 목소리를 한층 높였다.

조교는 말 그대로 영화를 사랑하는 사람이다. 그의 인생에서 영화만큼 그 자신을 바쳐 놓은 건 없었다. 우리는 각자 그런 경험을 갖고 있다. 이유 없이 끌리고, 되돌릴 수 없을 만큼 빠져드는 것. 조교에게 영화는 그런 본능이자 운명이었다. 사무적인 이야기가 아닌, 영화 이야기를 시작하면 그의 말에는 리듬이 생겼다. 목소리의 높낮이와 호흡의 길고 짧음이 화려하지는 않지만, 담담한 맛이 있는 운율을 자아내 오선지를 마침내 가득 채우는 것이었다.

나는 그의 말투를 곱씹으며, 1박자 단위로 리듬을 쪼개며, 두 마디, 네 마디로 조용히 이어나갔다. 그러다 떠오른 기억이 있었다. 사람의 목소리에는 단순한 물리적 구조를 넘어선 무언가가 있다는 것이다. 그것은 어떤 책에서 본 내용이다. 말의 소리와 그 속의 의미는 분리될 수 없는 것이라 했다. 의미 없는 소리는 공허하고, 소리 없는 의미는 전달되지 않는다.

나는 식물을 키우며 그것을 배웠다. 관심과 정성을 들인 식물은 잘 자랐다. 하지만 아무리 생명력이 강하다는 다육 식물조차 관심이 멀어지면 금세 시들었다. 그러던 중, 우연히 본 TV 프로그램에서 쌀밥을 두 그룹으로 나누어 실험하는 장면을 봤다. '죽고 사는 것이 혀의 권세에 달렸다'는 잠언 구절이나, 신이 우주를 '말씀으로 창조했다'는 성경의 구절을 떠올렸다.

*

대로변 조금 안쪽으로 들어가자마자, 재미난 풍경이 우리를 마주했다.

시내 한복판의 오래된 주택가 골목이 예술가들이 털어 낸 먼지로 반짝였다. 육교 아래 작은 자투리땅에 자리한 미술관은 새들이 나뭇가지를 물어다 지은 둥지인 양, 규모는 작았지만 인상 깊었다. 외벽에 그려진 아톰 캐릭터가 유쾌하게 시선을 끌었다. 스트리트 뮤지엄도 눈에 띄었다. 회화, 조각, 사진, 미디어아트를 전시하는 작은 공간이었다.

조교는 먼저 앞서 걷기 시작했고, 기주는 늘 그렇듯 약간 뒤처져 고개를 끄덕이며 조용히 걷고 있었다. 다현과 태경은 익숙한 사이라 그런지 줄곧 붙어 다녔다. 다현은 디지털카메라를 들고 골목 곳곳을 바쁘게 찍었다.

나는 어느새 황명희 쪽으로 시선이 자주 향하고 있었다. 같은 촬영 팀이다 보니 괜히 신경이 쓰였다. 그렇다고 먼저 다가가 말을 건넬 성격은 아니었다. 그녀도 조용한 편이었다. 나이보다도 더 내성적으로 보였다. 서로 시선이 마주치는 순간이 종종 있었지만, 그저 옅은 웃음으로 넘기기 일쑤였다. 말을 붙이기도 어색하고, 대화거리도 마땅치 않았다.

그런데 이번엔 상황이 조금 달랐다. 황명희는 일행과 떨어져 혼자 뒤에 남아있었다. 뭔가를 찾는 듯 두리번거리는 모습이 눈에 들어왔다. 조교는 뒷짐을 진 채 약간 구부정한 자세로 오르막을 오르고 있었고, 나머지 일행은 이미 언덕 너머로 사라지는 중이었다.

나는 발걸음을 멈췄다. 그냥 두고 가기엔 뭔가 마음이 쓰였다. 잠시 후, 황명희가 다가왔다. 숨이 약간 가빴다. 내가 먼저 입을 열었다.

"촬영지로 괜찮은 곳 있었어요?"

"아뇨. 예전에 여기서 첫 직장을 다녔거든요. 변한 것 같아서요, 잠깐 둘러봤어요."

"아, 그러셨군요. 감회가 좀 남다르시겠어요. 첫 직장이면 꽤 오래됐겠네요."

"네, 벌써 30년쯤 된 것 같아요."

"무슨 일 하셨는지 여쭤봐도 될까요?"

"언제…… 옛날…… 에요?"

"궁금해서요."

"작은 광고회사였어요. 카피 쓰는 일을 했죠. 그러다 나중엔 그림 쪽으로 더 관심이 가더라고요."

"멋지네요."

잠시 조용해진 뒤, 그녀가 조심스럽게 말을 이었다.

"혹시…… 들으셨어요?"

"뭘요?"

"이상한 동물 우는 소리요."

"어디서요?"

"아까 우리 다 같이 지나간 골목길이요. 높은 건물 앞에 돌거울 있었던 거 기억나요?"

"돌거울이요?"

"네, 두부처럼 반 잘린 바윗덩어리요. 양쪽 안쪽 면에 전신거울 붙어있

있는데……."

"못 봤어요."

"그 틈에서 고양이 같기도 하고…… 무슨 동물인지 모를 울음소리가 들리더라고요. 계속해서."

황명희는 언덕 꼭대기에 다다르자 한 차례 숨을 몰아쉬었다. 횡단보도 앞에 조교와 팀원들이 줄지어 있었다. 기주가 뒤돌아 손을 가볍게 흔들자, 황명희도 팔을 들어 올렸다.

돌거울을 못 본 게 자꾸 마음에 걸렸다. 나는 온 길을 뒤돌아봤다. 익숙한 듯 지나친 길이 낯선 공간처럼 느껴졌다. 신호가 바뀌고 조교와 팀원들은 어느새 길 건너 저만치 멀어지고 있었다.

"혹시 시간 괜찮으면…… 나중에 다시 그곳에 가볼래요?"

황명희가 마른 입술을 달싹이며 말했다. 목소리는 메마른 종이처럼 건조했고, 단어 끝마다 힘이 조금씩 빠져 있었다.

신호등 숫자가 10에서 9, 8로 빠르게 줄어들고 있었지만 우리는 걷지 않았다. 끝내 초록 불은 붉게 바뀌었고, 우리는 나란히 점자 블록 위에 멈춰 섰다.

그 순간, 등 뒤에서 들려온 남자의 목소리가 공기 속을 비집고 들어왔다.

"아기 낳는 건 괜찮은데…… 입덧이 너무 무섭대. 입덧은 유전이라데. 참, 이번에 분양받은 반려견도 며칠이나 됐다고 죽어버렸잖아. 그거 애견샵에서 병든 강아지를 일부러 팔았지 싶기도 하고…… 어떻게 조치를

116

취할 수 없을까?"

도무지 맥락 없는 말이었고, 마치 혼잣말처럼 들렸지만…… 이상하게도 그 목소리는 내 고막을 정통으로 때렸다. 도로 위를 가르는 차량 소음, 사람들 웅성거림, 멀어지는 신호음…… 모든 소음 속에서 단 하나, 그 말만이 유리처럼 또렷하게 박혔다.

"아악!"

참지 못하고 나는 비명을 뱉었다. 무릎을 꿇고 허리를 접었다. 이마가 두 다리 사이로 파묻혔다. 숨이 가빠지고 심장이 거칠게 뛰었다.

황명희가 놀라 나와 같은 높이로 몸을 낮추며 물었다.

"무슨 일이에요? 어디 아픈 거예요?"

나는 이마를 든 채 눈을 치켜뜬 채 물었다.

"지금…… 뒤에 남자 말 들었어요?"

황명희는 당황한 듯 고개를 저었다. 말없이, 하지만 단호하게.

"못 들으셨어요?"

내가 다시 묻자, 그녀는 이번엔 조금 머뭇거리며 고개를 옆으로 기울였다. 나는 속으로 되뇌었다. '이러다가는 진짜, 미쳐버릴지도 몰라…….' 팔과 등줄기에 소름이 돋았다. 온몸이, 스스로를 향한 의심과 두려움에 자신을 조였다.

신호등이 다시 바뀌고 사람들은 앞서 길을 건너갔다. 나는 아직 몸을 펴지 못했다. 짐승처럼 등을 말고 그 자리에 웅크린 채, 망연했다.

한참 뒤, 황명희가 조심스럽게 말을 꺼냈다.

"마스크 쓰고 말하면…… 뭘 말하는지 잘 안 들리잖아요. 바깥이라서…… 더 그랬을지도."

그제야 나는 겨우 몸을 폈다. 멀리 식당 입구 근처에 조교와 팀원들이 서 있는 게 보였다. 줄이 길었다. 다들 번호표를 뽑고 기다리는 중이었다.

*

밥을 먹을 수가 없었다. 엊저녁부터 아무것도 먹지 않아 배는 몹시 고팠지만, 밥숟가락이 도무지 들리지 않았다. 식당은 사람들로 북적였다. 코로나가 잠시 느슨해진 틈이기도 했고, 값싼 밥집엔 항상 그럴 만한 이유가 있었다. 사람들은 일렬로 서서 조리된 음식을 식판에 받고, 빈자리에 앉아 무심히 식사를 이어갔다. 조교와 팀원들은 투명 칸막이를 사이에 두고 마주 앉아있었다.

조교는 내 맞은편에 식판을 내려놓았다. 운동량이 꽤 있는 사람인데도 불룩한 뱃살에는 다 이유가 있었다. 팀원들도 조교 식판을 보고 눈짓으로 놀라는 기색을 감추지 못했다. 나는 엉뚱하게 흰쌀밥이 비만에 미치는 영향 따위를 생각하고 있었다.

기주가 먼저 자리를 떴고, 나는 잠시 망설이다가 뒤따라 일어섰다. 조그만 체구에 깡마른 다현은 조교가 앉기도 전에 남은 반찬까지 정리하곤 벌써 출입문 쪽으로 향하고 있었다. 조교는 양 볼에 음식을 가득 넣은 채, 먼저 나가 있으라는 듯 눈짓을 했다. 입가에 밥알이 붙어있었다.

요즘엔 TV든 유튜브든, SNS든 온통 먹방뿐이다. 음식 먹는 소리, ASMR. 예전에 한 유튜버가 어마어마한 양의 음식을 남김없이 먹어치우는 영상을 들으며 소리 채집을 한 적이 있었다. 찜닭, 떡볶이, 쟁반 막국수, 1리터짜리 탄산음료, 닭발……. 그 외에도 무언가 있었지만 기억나지 않는다. 가장 끔찍했던 건 오도독뼈 씹히는 소리였다. 최악이었다. 그날 이후 며칠은 입맛을 잃고 지냈다. 먹방을 보다 떠오른 어떤 연상 때문이기도 했다. 범죄 스릴러 영화 한 장면, 거구의 비만 남자에게 범인이 총을 겨누고 위장이 터지도록 스파게티를 먹인다. 면발과 소스가 입 밖으로 흘러내린 얼굴, 흉물스럽게 클로즈업되는 장면, 그 위를 발로 걷어차 복부를 파열시키는 장면. 식탐을 죄악시한 듯한 폭력이 화면에 그대로 드러났다.

황명희는 혼자 앉아 밥알을 오래 씹고 있었다. 삼키는 데도 시간이 꽤 걸려 보였다. 혀라는 작고 민감한 신체 기관, 고작 9센티미터 남짓한 그곳에서 단맛, 짠맛, 신맛, 쓴맛, 감칠맛을 전부 감지할 수 있다는 사실은, 그날따라 기묘하게 와 닿았다.

"기주 씨! 아까 골목길에서 돌거울 봤어요?"

기주 뒤를 바짝 따라가며 내가 물었다.

"못 봤는데요. 어디에 있었어요?"

기주는 눈을 반짝이며 되물었다.

"황명희 씨가 말하길래…… 저만 못 봤나 싶어서요."

나는 조심스럽게 둘러댔다.

기주는 흥미가 동한 듯 눈을 가늘게 뜨고는, 고개를 툭 떨어뜨리며 조화롭지 않은 리듬으로 서너 번 끄덕였다. 리듬을 제외하고도 무척 특이하게 보이는 습관이었다. 생각해 보면, 자정 넘긴 시각에 전화 걸어온 것부터 상식적이지 않았다. 게다가 해괴망측한 목소리로, 그것도 아는 사람을 헐뜯는 말이라니. 아무리 생각해도 이성적인 행동은 아니었다.

나는 그때를 떠올리며, 내친김에 그에게 드레이어 단편영화 파일이 있는지 물어보았다. 기주는 하드에 영화가 너무 많아서 정확히 기억은 안 나지만, 찾아보면 있을지도 모른다며 왜 그 영화에 관심을 가지냐고 되물었다. 나는 한참 망설이다가, 마음을 들킨 사람처럼 천천히 입을 열었다.

"바이크 소리랑…… 속도요. 점점 커졌다 작아졌다 했던 그 머플러 소리…… 몇 분짜리랬죠?"

"10분!"

"내용은요?"

"사실, 대사는 거의 없어요. 48년도 흑백이잖아요. 인트로에 둥둥둥, 북소리부터 강렬해요. 오토바이 뒤에 여자가 타고 있고, 페리에서 내리기를 기다리죠. 시동이 걸리고, 선원은 제시간 도착은 어려울 거라고 말해요. 그 후로 바이크 소리가 계속 반복돼요. 커졌다 작아졌다 하면서…….

중간에 차가 방해하고 남녀의 표정은 점점 어두워지죠. 그리고 꽝! 충돌. 그다음은 페이드아웃. 두 개의 관이 조각배에 실려 목적지로 떠나요. 드레이어의 미장센은 바로 여기서 진가를 발휘해요. 물비늘에 비친 구름이 낙엽처럼 흔들리거든요."

"흥미롭네요. 시작 부분 북소리만으로도 죽음을 예고하는 느낌이에요."

"호영 씨, 그렇게 느꼈어요?"

"처음부터 도착이 어렵다고 말한다면서요. 그 자체로 불길하죠."

"중간에 두 갈래 길이 나와요. 오토바이는 속도를 늦추고 유턴해요. 그 길이 아니라는 판단이 선 거겠죠. 그러다 나무 기둥에 부딪혀요. 결국 선택이 중요한 거죠. 짧은 영화지만, 배경음 없이 소리만으로 감정을 이끌어내는 게 놀라워요."

기주는 드레이어의 다른 영화도 추천해 줬다. 나는 외장 하드에서 꼭 찾아 공유해 달라고, 최대한 정중하게 부탁했다. 하지만 기주는 건성으로 들은 듯 앞꿈치를 장난스레 튕기며, "차라리 드레이어 장편을 보는 게 낫지 않을까요?" 하고 웃어넘겼다. 나는 자세를 고쳐 앉아 기주 쪽으로 몸을 기울였다.

"내가 직접 찾아볼게요. 중요하니까요."

말끝은 단호했다.

"뭘?"

기주는 놀란 얼굴로 눈을 치떴다. 우리 사이에 짧은 정적이 흘렀다.

"어떤 영화가, 어떤 방식으로 긴장과 감동을 주는지, 직접 보면 알 수 있을 것 같아요."

"호영 씨, 자신감이 엉뚱한 데서 발현되네요."

기주는 그렇게 웃으며 말했고, 나는 그 웃음 속에서 어딘지 모를 불안을 느꼈다.

*

남산 초입에 이르기 전부터 오르막 경사가 이어졌다. 사람들은 구부정한 자세로 천천히 걸어 올랐다. 형광색 배낭을 멘 조교의 등짐이 유난히 눈에 띄었다. 편의점에서 산 막걸리와 생수를 봉지째 넣은 탓이었다. 그는 계절에 맞지 않게 보라색 벨벳 페도라를 쓰고, 위아래로 몸에 착 붙는 기능성 스포츠웨어를 입고 있었다. 체형이 그대로 드러났다. 비 예보도 없는 날씨에 챙겨온 우산을 지팡이처럼 콕콕 바닥에 찍으며 걸어가는 모습이 우스우면서도 안쓰러웠다. 진지한 행세는 하고 있지만, 아무리 봐도 조교는 희극적인 인물이었다.

제일 먼저 시야에 들어온 건물은 오래된 벽돌 주택이었다. 대문에는 '융합콘텐츠발전소'라는 이름이 금속판에 금장으로 새겨져 있었다. 낮게 자란 소나무와 잘 다듬어진 측백나무가 담장을 넘고 있었다. 마당 정원은 시대착오적으로까지 느껴지는 철문과 철조망 가시로 굳게 닫혀있었다.

붉은 제라늄이 조경석 주변에 도드라지게 피어있었다. 그 사이로 노란 국화도 몇 그루 있었지만, 제라늄의 수에 비하면 턱없이 적었다.

그 순간, 익숙한 기시감이 스쳤다.

한여름, 채영과 함께 휴가를 보낸 해안절벽의 집, 가시 돋은 제라늄에 물을 주던 소녀, 등허리까지 내려온 까만 머리의 여자, 시누대 댓잎 소리에 홀려 자살한 여자, 방파제 끝의 소실점처럼 존재했던 채영의 아버지, 그리고 두통과 함께 찾아온 7.2초의 주파수. 이 모든 이미지들이 찌르레기 떼처럼 한꺼번에 일어나 고함을 지르며 머릿속을 휘저었다.

'융합콘텐츠발전소'는 이 주택의 외양과 어울리지 않는 명칭이었다. 담장 아래에는 검은 자줏빛 맨드라미가 뻣뻣하게 서 있었다. 식물이라기보다는 동물의 신체 기관을 연상하게 하는 형상이었다. 마치 사람의 내장처럼 꼬불꼬불 전진하는 붉은 연속체들. 게다가 맨드라미꽃은 가볍지 않다. 중력을 거스르는 듯한 무게감이 있는 식물이다.

담장 아래 풀들이 바람에 흔들렸다. 나는 맨드라미를 물끄러미 바라보다가 조심스럽게 발을 옮겼다.

건너편에는 방수포로 덮인 넓은 작업장이 보였다. 천장 높이까지 합판이 쌓여있었고, 그 안에는 1톤 트럭이 한 대 주차돼 있었다. 사람 그림자는 보이지 않았다.

'여기서부터는 막다른 길입니다.'

안내판이 눈에 들어온 건 그곳을 지난 직후였다. 마치 그것은 이렇게 들렸다.

'여기서부터는 돌아올 수 없는 곳이야.'

그 소리가 내장에서 튀어나와 목구멍까지 맴돌다 삼켜졌다. 몸은 굳어 있었다. 눈길이 가는 곳마다 빗장이 걸린 듯했다. 이곳은, 오래전부터 내가 알던 곳 같았다. 그때도 지금처럼, 망연히 바라보던 장소. 현실이 아닌 어떤 경계에 들어선 듯한 감각이 밀려왔다. 내가 지금, 선택의 기로 위에 놓였다는 느낌이었다. 심장과 머리의 거리는 고작 두어 뼘. 하지만 그 두어 뼘 사이에서 전혀 다른 성질의 화학반응이 연쇄적으로 일고 있었다.

포도주를 이성적으로 사유할 만반의 준비가 되어있어도 그 달콤한 향에 사람의 마음이 먼저 사로잡히고, 곧 혈관과 신경이 뒤흔들리고, 결국 취하게 되는 것처럼, 나의 대비적 얇은 화학 앞에서 별 도움이 되지 않았다. 혼몽에 사로잡힌 나는 몸조차 가누기 힘들었다. 그 여운은 하늘의 비행운처럼 오래도록 흘러갔다.

이런 증세가 나타날 때면 대개 7.2초가량, 멍한 소리의 잔향이 남았다. 그 시간이 정확한지는 측정해보지 않았다. 하지만 머릿속에서 분명히 '7.2초'로 인식되기 때문에 나는 초시계를 준비하지 않았다.

하나. 둘. 셋. 넷. 다섯. 여섯. 일곱. 그리고 하나의 다섯 분의 다시 하나. 7.2초. 늘어지는 관성이 초자연적 힘처럼 작용하는 시간. 끝없이 감기고 또 풀리는 실타래처럼, 그 안에서 소리는 흐름을 따라 부유했다.

땅과 식물, 새들이 내뿜는 소리에는 각자의 결이 있었다. 그 소리들은 내 유년기의 특정 순간들을 불러냈다. 경험은 저마다 다른 방식으로 기억의 저장고에 이미지를, 가끔은 감촉이나 냄새를 저장하곤 한다. 나는 늘 소리의 역할이 압도적이었다. 가끔 소리로 인해 나는 한순간 과거로 돌아간 듯한 기분에 사로잡혔다. 반대로, 아주 먼 세계에서 다시 태어난 듯한 현실감에 사로잡히기도 했다. 그리고 그때, 나는 엄마 뱃속에서 들었던 소리를 입 밖으로 따라 내고 있었다.

'쨍그랑, 티이익.'

다리가 아팠다. 무릎이 휘어져 아무리 펴려고 해도 펴지지 않았다. 답답했다. 밤인지 낮인지 구분할 수 없었고, 그래서 바깥으로 나가고 싶다는 생각을 강하게 했다. 나중에 할아버지께 들은 바로는 내가 출산 예정일보다 일주일 앞서 태어났다고 했다.

우리 집에 왜 왔니 왜 왔니 왜 왔니
꽃 찾으러 왔단다 왔단다 왔단다

또래 아이들이 빵에 들어간 피카추며 김국진의 스티커에 열을 올릴 때, 채영이와 나는 노래를 부르며 유리구슬을 가지고 놀았다. 손가락 사이에 작은 구슬을 끼워 태양의 심장에 겨눠 보면, 세계가 펼쳐졌다. 그 안에는 단순한 유년기의 반짝임을 넘어서는 감각이 있었다. 차디찬 물방울이 유리막을 뚫고 나올 듯 부풀어 오를 때면, 굴절된 빛이 얼어붙은 듯 투명한 색색의 깃털들을 직조해냈고, 진한 초록에서 연한 주황과 노랑, 파랑이 스며드는 순간, 무지개색의 날개가 펼쳐졌다.

채영과 나의 눈빛은 초음파 사진만큼이나 불분명하게, 구슬 한가운데에서 만났다. 나선형으로 퍼진 자줏빛은 언젠가 실현될, 비행의 믿음을 심어주었다. 우리가 의미가 담긴 감탄사들을 내뱉으면, 그것은 구슬 안에서 진동을 일으키며 공중의 원자들과 함께 화학반응을 일으켰다.

1, 2, 3, 4…… 파동이 일었다. 바람에 흩날리는 낙엽을 구성하는 수열처럼, 감각적인 음률이 생성되었다. 빛과 소리는 뭉쳤다가 해체되며 어딘가로 나아갔다. 모양이 흔들리고, 다른 구성으로 변하기도 하고, 때로는 제자리를 맴돌았다. 우리는 그 빛을 바라보며, 비상을 꿈꾸었다.

*

요란하게 지저귀던 새 한 마리가 사시나무 가지를 박차고 하늘로 날아올랐다. 유리구슬 속의 새가 꼬여있던 깃을 하나씩 펴는 것이었을까. 작열하는 햇빛이 내 동공을 지나 망막에 깃털 모양의 상을 입혔다. 바위틈에 자란 양치식물들이 가볍게 흔들렸다. 뒤이어 냉한 기운이 순식간에 온몸을 휘감는다. 귀에서는 지이지직, 우우우웅, 익숙한 노랫소리가 들려온다.

가을 한낮의 태양을 올려다본다. 뜨겁게 이글거리는 태양은 인디언 섬머를 닮아있었다. 가을 끝, 겨울 문턱에서 다시 한번 여름이 돌아와 주기를, 그해 해안절벽 마을에서 보낸 여름이 아직 내 안에 살아있기를, 나는 간절히 바라고 있었다.

썩은 나무토막들이 흙길 가장자리에 널려있었고, 부러진 통나무엔 붉은 버섯들이 켜켜이 매달렸다.

'여기서부터는 막다른 길입니다.'

조금 전 보았던 이정표. 그것은 단순한 경고였을까, 혹은 신호였을까. 나는 바위틈으로 손을 뻗는다. 순하게 자란 풀들이 나를 감싸 안는다. 알 수 없는 힘에 이끌려, 나는 깊은 심연으로 빨려 들어갔다. 풀냄새가 코끝을 간질이고 머릿속은 어지럽다. 눈꺼풀 위로 돌덩이가 하나가 얹힌 듯, 눈을 뜨기 힘들다.

이미 익숙한 경험이라고 생각했다. 금방 괜찮아질 거라 여겼지만, 이번엔 달랐다. 오염된 렌즈처럼, 스크래치 가득한 필름처럼 내 동공은 흐려져 사물의 경계를 뒤섞었다.

나의 정신은 실제로는 보지도 못한 드레이어의 단편을 재생했다. 피아니시모로 시작된 바이크 소리를, 점점 크레셴도로 키워 본다. 1초에 16프레임으로 찍힌 채플린 영화가 섞여드는, 그때였다.

내 눈에 맺힌 상像을 따라 시선을 모으던 찰나, 처음엔 눈썹 하나가 흘러내린 줄 알았다. 면봉을 떠올렸지만 이런 곳에 있을 리는 없었다. 그럼 손으로 비벼 눈물을 유도하면 금세 사라지겠지, 그렇게 생각했다. 그러나 손을 눈 가까이 가져가려는 순간, 초현실적인 광경이 펼쳐졌다.

눈물샘 속에 물고기 한 마리가 있었다. 그것이 아가미를 파르르 떨고, 검은 눈을 희번덕이며 사람을 노려보았다. 주둥이는 눈물샘에 처박혀 있었고, 지느러미는 너울댔으며 꼬리는 눈꼬리 밖으로 살짝 걸쳐있었다. 말도 안 되는 광경이었다. 하지만 지나치게 현실적인 가상, 또는 그 반대라고 할 수도 있었다.

물고기가 눈물샘을 꽉 막아서인지 눈물은 흐르지 않았다. 눈물이 막히자 감정도 일지 않았다. '감정을 유발한다는 전기 신호는 대체 어디서 오는 것이지?'라고 자문하고 나서야, 뇌가 나를 성공적으로 속였다는 부끄러운 사실을 깨달았다.

그때 문득, 할아버지가 했던 말이 머릿속을 퉁, 치고 지나갔다. 색즉공 色即空.

지느러미 소리는 그때부터였다. 아주 작게, 점점 작게, 다시 점점 크게. 나는 그 간격에 맞추어 음악의 소리 기호들을 허공에 하나씩 띄워 올렸다. 지느러미가 곡선을 그리며 내뿜는 선율에 위에 나는 음표를 넣기만 하면 되었다.

피사체의 1초를 16초로 쪼개는 채플린 영화처럼, 나는 내가 목격하는 프레임이 16개로 나눠진다는 사실을 알았다. 1초가 끔찍하게 길었다. 내 심정을 간파했는지, 한 마디를 기준으로 4분음표가 8분음표로, 8분음표가 강박의 16분음표로 쪼개지기 시작했다. 쉼표도 끼어들었다. 4분 쉼표, 8분 쉼표, 16분 쉼표.

이제 너무 빨라 호흡이 따라가지 못했다. 숨이 끊기는 순간, 상승과 뒤집힘, 이상성, 조동, 세동 같은 심전도 그래프의 도형들이 엉켜 들며 모든 것이 마치 아무 일도 없었다는 듯, 꼬리를 말고 사라져버렸다. 그리고 다시 태연하다는 듯 처음으로 돌아가서 선율은 반복되었다.

눈꼬리 끝에 비죽 튀어나온 지느러미를 떨리는 손으로 잡았다. 물고기가 자맥질을 시작했다. 너무 놀란 나머지 충동적으로 나는 꼬리지느러미를 힘껏 당겨버렸다. 그러자 끈적한 점액질의 액체가 쓰윽 흘러내렸다. 나는 평소 인공눈물을 자주 사용했고, '물고기는 물속에서 산다'는 고정관념 탓에 당연히 맑은 물일 거라 생각했었다.

예상은 빗나갔지만, 신기하게도 그 액체가 빠져나간 뒤 눈이 선명하게 밝아졌다. 순간, 이런 단어가 떠올랐다. 물고기의 눈. 언젠가 본 다큐멘터리에서 이야기한 내용이다. 인간의 눈은 원래 물속에 적응한 기관이었다. 수억 년 전, 우리가 아직 물고기였을 때, 눈 속의 액체는 빛을 굴절시켜 시야를 형성했다. 하지만 그 후손들 중 일부가 육상으로 나왔고, 건조한 공기 중 생활에 적응해야 했다. 그 결과 우리는 물고기보다 열등한 시력을 가지게 됐다. 진화란 본래 되돌릴 수 없는 선택들의 연속이다. 종의 운명이란 항상 그렇다. 돌아갈 수 없는 과거와 알 수 없는 미래 사이의, 우연만을 담은 미로.

그 순간, 물고기가 유영하기 시작했다. 꼬리지느러미에 매달린 나는 어디론가 끌려갔다. 빛이 반사되는 곳, 유리 문턱 너머로 미디어 허브가 하얗게 반짝였다. 안쪽에서 바깥을 향한 문이 반투명하게 빛나고 있었고, 문밖에는 내가 본 식물들과 온갖 잡동사니가 어지럽게 널려있었다. 위에서 내려다보자, 건물들이 조밀하게 들어선 게 한눈에 들어왔다. 오래된 건물일수록 그 사이 틈은 좁아 보였다. 나는 물고기와 하나 되어 물살을 가르듯 공중을 헤엄치며, 아래를 바라봤다.

그때였다. 건물 틈에 껴 있는 희끄무레한 물체가 시야에 들어왔다. 등짝을 보면서 나는 그것이 일종의 야수라고 판단했다. 덩치가 제법 컸고, 절반은 빛에 드러났고 절반은 그림자 속에 잠겨있었다. 왜 하필 저 틈에 들어갔을까. 굶주림의 본능 때문에 그리로 갔을까? 지구 역사에서 생물들이 먹이를 찾아 대이동을 해왔던 것처럼, 저 생명체도 그렇게 움직였을까. 하지만 그것이 정확히 무엇인지는 끝내 알 수 없었다.

이어 물고기는 사라지고, 시야는 어두워지고, 나는 깊은 의식의 수면 아래 천천히 가라앉았다. 보이는 것이 완전히 사라지자 나는, 소리에 집중했다. 그러나 들려야 할 소리는 들리지 않았다. 살아가는 내내 들리지 않는 소리 때문에 괴로웠지만, 지금은 듣고 싶은 소리를 듣지 못해 답답했다.

삶이란 본래 그런 것인가. 얼마 전, 이항분포 실험기를 고물상에서 주워 왔던 일이 떠올랐다. 내가 아르바이트를 하는 녹음실의 진수 형과 함께였다. 그는 사운드 아티스트였고, 이과 출신이기도 했다. 녹슨 고철 더미 사이에서 그가 우연히 발견한 건, 오래된 실험기였다.

진수 형은 플라스틱판을 뒤집으며 설명했다. "이거 고등학교 때 배웠잖아?" 3000개의 쇠구슬이 아래로 쏟아지며, 중간은 볼록하고 양옆은 낮은 종 모양의 포물선을 그렸다. 반복해도 결과는 늘 같았다. 막대에 부딪히는 방향은 우연이지만, 전체 분포는 항상 거의 필연처럼 수렴했다. "봐봐. 우연의 연속이 결국엔 필연이 돼." 진수 형은 그렇게 말했다. "네가 나랑 만난 것도."

그 순간, 나는 생각했다. 그렇다면 지금 내가 보는 것도, 겪는 것도 필연인가?

길을 잃지 않는다는 순록의 뿔에 손이 닿았다. 1초 24프레임, 1초 24프레임, 바뀐 프레임을 주문처럼 되뇌기 시작하자, 그제야 조교의 목소리가 또렷하게 들려왔다.

"이호영 씨! 올라오고 있나요? 뭐 하세요?"

*

걸음을 멈춘 조교가 갑자기 뒤를 돌아섰다. 무언가 긴히 할 말이 있다는 듯, 팀원들 모두를 멈춰 세웠다. 방부목으로 만들어진 다리 앞이었다.

"여기 말이죠. 영화 〈달콤한 인생〉 아세요? 거기서 이병헌 격투 장면, 바로 이곳에서 촬영했답니다."

말을 마친 조교는 별 의미 없다는 듯 "자, 이제 다시 올라갑시다!" 하며 걸음을 옮겼다. 나는 얼떨떨했다. 지금 이게 뭐지? 사람들 얼굴을 휘 둘러보니 다들 벙찐 표정이었다.

나는 맨 뒤에서 따라가기로 하고, 잠시 잡목 주변을 살펴봤다. 격투 장면이면, 카메라는 어디에 있었을까? 이런저런 구도를 상상하며 이리저리 고개를 돌리는 순간, 어디선가 부스럭 소리가 들렸다. 다리 밑에 고양이 한 마리가 웅크린 채 졸고 있었다. 혹시 아까 황명희가 말한 짐승 울음소리, 이 고양이였을까? 그 지점에서 나는 내가 황명희가 던진 부표, 또는 화두에 과히 집착한다는 사실을 자각했다. 그녀의 말은 내게 어떤 버섯이나, 바이러스나, 또는 대나무 같은 유기체였다. 한 번 정신에 뿌리내리면 좀처럼 사라지지 않았다.

조교와 기주 모습은 이미 보이지 않았다. 구불구불한 방부목 계단은 길게 이어졌고, 끝이 잘 보이지 않았다. 계단참 난간에 기대어 선 황명희와 태경이 나를 내려다봤다. 그들의 발밑 계단턱에는 '건강수명+3분'이라는 문구가 적혀있었다.

"건강수명에 3분을 더하셨네요." 태경이 명랑하게 말을 건넸다. 황명희는 수심 가득한 얼굴로 어디 먼 곳을 응시 중이었다.

"무슨 생각을 그렇게 하세요?" 태경이 풍성한 머리칼을 매만지며 물었다. 두 사람의 짧은 대화는, 내가 계단참에 발을 딛자마자 끊겼다. "코로나 아니었으면 저 아직 영국에 있었을 거예요." 태경의 말이었다.

"영국 어디요?" 황명희는 뒷짐을 진 채 계단을 한 발 한 발 오르며 대화를 이었다. "2020년 봄이면 팬데믹 한창일 때였겠네요. 정말 운 좋게 귀국하셨네요. 다들 죽어 나가던 때였죠. 그 잘난 유럽 의료시스템이 얼마나 허술했는지 전 세계가 다 봤잖아요. 아시아인이라고 욕설 듣고, 폭력을 당하고……."

황명희가 말끝을 흐렸다. 나는 속으로 계단을 스물까지 세고 있었다.

"런던 근교 자매결연 학교 기숙사에 있었어요. 충격적인 일이 많았죠. 룸메이트였던 필리핀 친구 아버지가 고통스럽게 죽는 걸 영상통화로 봤어요. 그 친구는 집에도 못 가고 통곡만 했어요. 마을 전체가 감염돼 죽었다더군요. 그 지역신문은 20페이지가 넘었는데 죄다 부고로 채워졌어요. 아이도, 어른도…… 마을엔 남은 사람이 없었대요."

그날 이후, 태경은 죽음에 대한 공포가 뼛속까지 사무쳤다고 했다. 그래서 그냥 하고 싶은 거 하며 하루하루 재미있게 살고 싶다고, 애써 웃으며 말했다.

고향이 제주인 태경은 열여덟부터 부모와 떨어져 살았다. 오빠가 둘 있긴 했지만, 나이 차가 커서 남 같다고 했다. "엄마랑은 친구 같겠어요" 하자, "붙어있으면 자꾸 싸워요. 떨어져 있는 게 편해요" 하며 웃었다.

필름 메이커스에 배우로 등록한 적도 있다는 태경은, 연기보다는 연출에 더 흥미가 간다며 말을 이었다.

"근데 우리 팀은 너무 말이 없어요. MBTI 유형, 다들 I 아니세요? 점심

먹으러 가도 한마디도 안 하시잖아요. 진짜 웃겨요."

황명희에게도 채근하듯 물었다. "황명희 님도 I시죠?"

"글쎄요. 한 번도 검사 안 해봐서요."

황명희는 무뚝뚝하게 답했다.

계단 끝에 이르자 쉼터가 나타났다. 회색 기와를 인 정자를 중심으로 부채꼴 모양의 벤치가 반원형으로 놓여있었다. 먼저 도착한 조교와 기주, 다현은 널찍한 벤치에 떨어져 걸터앉아 있었다. 우리 셋을 맞은 조교는, "좀 쉬었다 갑시다." 하고 웃으며 손을 내저었다.

나는 기주 가까이에 자리를 잡았고, 황명희와 태경은 각자 편한 자리에 앉았다. 오르는 길에서도 다른 사람들의 모습을 볼 수 없었는데, 쉼터에도 역시 우리밖에 없었다. 잠시 정적이 흐르고 나서야 조교는 배낭을 열어 주섬주섬 뭔가를 꺼내기 시작했다.

"목도 축일 겸, 여기서 막걸리 한 잔씩 하죠. 그리고 나서 자기소개 시간을 가질 겁니다. 다음 주면 본격적인 촬영 실습에 들어가니까요. 소통이 중요하단 말, 지겹도록 들으셨겠지만 이게 우리 방식입니다. 서로 조금은 알아야 뭐라도 되는 거니까요."

조교는 머리에 쓰고 있던 보라색 벨벳 페도라를 벗어 손가락으로 빙글 돌리며 말을 이었다.

"그를 위해 저는 여러분께 아주 사적인 질문을 할 겁니다. 거리낌 없는 질문이 나오고, 기분 나쁘셔도 어쩔 수 없어요. 일방적으로 들리시겠지만, 이 방식은 우리 규율이나 마찬가지예요. 그렇게 해왔고, 또 그렇게 할 겁니다."

그러곤 스테인리스 잔들을 꺼내 차례로 테이블 위에 세웠다.

"이름, 나이, 사는 곳, 오게 된 동기, 앞으로의 계획, 이런 것들 간단히 말해주세요. 그다음엔 질문 시간입니다."

태경이 잔을 집어 들며 감탄을 터뜨렸다.

"잔이 아주 힙하네요. 볼록거울 반사경 같아요!"

근사한 스테인리스 와인 잔 안에는 숲의 풍경과 우리 모습이 둥글게 말려들어 있었다. 마치 성배를 나누는 원탁의 기사들처럼, 묘하게 결속된 분위기가 감돌았다.

조교의 시선은 졸졸 흘러내리는 막걸리 줄기에 꽂혀있었고, 입에서는 멈추지 않고 말이 흘러나왔다. 기주가 잔을 거들겠다며 일어섰지만, 조교는 손사래를 쳤다. 그는 직접 일어나 한 사람씩 잔을 돌리기 시작했다.

태경은 여느 때처럼 가만있지 못했다. 강의실에서도 늘 딴청을 피우고, 점심 자리에서도 조교의 강의가 무슨 말인지 하나도 모르겠다고 짜증을 냈던 사람이다. 그럴 때면 늘 미간이 깊게 찌푸려졌다. 몇 마디 대화를 나눠보면 금방 속내를 드러내는 스타일. 조교가 잔을 건네자 태경은 못 이기는 척 잔을 받아 들었다.

조교는 정자 앞에 서서 또 한 번 '소통의 중요성'을 강조하며 건배를 제안했다. 분위기를 맞추느라 모두 잔을 들긴 했지만, 실제로 잔을 비운 사람은 아무도 없었다.

조교가 첫 번째로 호명한 사람은 다현이었다. 스키니 블랙진에 엉덩이까지 내려오는 카키색 점퍼를 입은 그녀는 평소보다 더 왜소해 보였다. 까무잡잡한 피부에 조막만 한 얼굴이 오늘따라 유독 까칠해 보였다. 얼굴의 절반을 덮은 두꺼운 뿔테 안경 탓일지도 몰랐다.

스물한 살. 다현은 지금 혼자 산다고 했다. 부모님은 자신이 여전히 IT 회사에 잘 다니는 줄로만 안다고 했다. 영화에 관심 있다는 사실도, 이런 워크숍에 참가한 것도 모른다고 했다. 모두들 소리 없이 웃었다. 다현의 목소리는 너무 작았다. 중간에 조교에게 "조금 더 크게 말해보라"는 지적을 받기도 했다.

그다음은 황명희의 차례였다. 한동안 자리에서 일어서지 않았다. 머뭇거리는 기색이 역력했다.

"제 차례군요. 상당히 껄끄럽긴 하지만, 규율은 지켜야겠죠."

앞으로 나온 황명희는 생수를 한 모금 마셨다. 목소리에 묘한 무게가 실려있었다.

"다큐 영화에 관심이 있어요. 모스크바 횡단열차를 탄 적이 있는데, 거기서 한국인 부녀를 만났어요. 이런저런 이야기를 나누다 서울에 '미디어 허브'란 곳이 있다는 걸 들었고, 그걸 계기로 등록하게 됐죠. 지금은 서쪽 바닷가에 살아요. '노을리'란 지명이 마음에 들어 정착했죠. 우습죠?"

입꼬리를 끌어올렸지만, 누구나 알아챌 수 있을 만큼 어색한 억지웃음이었다.

조교는 그 틈을 놓치지 않았다.

"질문 하나 할게요. 수업 몇 번 들으셔서 아시겠지만 앞으로 하루에 최소 7~8시간씩 작업을 해야 하고, 밤 10시가 넘어도 끝나지 않을 수 있어요. 집도 꽤 멀던데, 남편분은 반대 안 하시던가요? 자녀는요?"

예정대로 질문은 과도했다. 끊임없이 쏟아지던 말에 황명희는 짧게 "아, 네," 하고 받았다. 곧바로 말을 잇지는 않았다. 눈알을 좌우로 굴리고, 천천히 시간을 끌었다. 마치 말을 피하려는 아이처럼 뭉그적거렸다.

조교가 흐름을 멈추고 다음 사람을 지목하지는 않을까, 다음 차례였던 나는 괜히 마음이 조급해졌다. 성격 급한 조교는 괜한 뺨을 만지작거리다가, 아예 일어난 거즈를 떼어내고 검은 봉지에 쑤셔 넣었다. 쓸린 피부는 아직도 벌겋게 성나 있었다.

"자녀요? 없어요. 신종플루로 세상을 떠났어요."

황명희는 말을 뱉기 시작하자, 숨 고를 틈도 없이 속사포처럼 이어나갔다.

"아주 어렸을 때요. 살아있었다면, 아마 지금 여러분 나이쯤 됐을 거예요. 그 일 이후 남편과는 이혼했고요."

얼굴의 긴장은 조금 풀린 듯했지만 상기된 기색은 여전했다. 입술 사이로 바람 새는 소리가 났다. 작고 미세한 파찰음이 숲의 적막 속에서 새어 나왔다. 다른 사람들도 알아챘을까.

"바닷가로 이사 가기 전엔 쭉 이 근처에서 살았어요. 태어난 곳도 여기고요. 오늘 걷다가 제가 조금 늦게 올라온 데는 이유가 있어요. 아이와의 기억이 곳곳에 서려있어서요. 첫 직장도 이 근처였고요. 전에 조교님이 말씀하신 30년간 비어있다는 붉은 벽돌 건물, 저도 알아요. 예전부터 그 건물 근처에선 산짐승 울음소리가 들렸죠. 지금도 여전히…… 계속 들리는 것 같아요."

내가 질문을 던진 건, 황명희가 말을 끊었기 때문이었다.

"무슨 소리죠?"

틈을 주지 않고 밀어붙이듯 물었다.

"예전에 기이한 일이 있었어요. 멧돼지 한 마리가 벽 틈에 껴서 죽은 일이 있었죠."

싸늘한 표정, 차가워진 말투. 아까와는 딴사람 같았다. 나는 기주의 음성이 떠올랐다. 그날 한밤중, 비정상적으로 감정 기복이 심한 기주가 전화를 걸어왔던 기억. 그녀가 말한 '황명희'에 대한 인상이 고스란히 지금 이 여자가 이야기하려고 하는 지난 사건과 겹쳐졌다.

"황명희 씨, 그 얘긴 여기까지만 하시죠. 저도 어렴풋이 그 얘길 들은 적 있어요……. 미담은 아니니까요."

조교가 단호하게 말을 잘랐다. 눈치 보듯 그녀의 다음 말을 기다렸다. 손에 들린 막걸리를 소리 나게 들이켜고는 다시 잔을 가득 채웠다.

"혹시 그 건물, 첫 직장이 있었다는 데를 아까 지나친 거예요?" 내가 조심스레 물었다.

"네. 돌거울 있는 곳이요. 럭비공처럼 생긴, 외관이 조금 특이한 건물이에요. 규모는 작지만 공연장으로 쓰여요. 객석은 약 백여 석. 전부 앤티크 극장 의자인데, 영국에서 배편으로 통째로 들여온 19세기 의자들이죠."

말을 이어가던 그녀의 목소리가 끝에서 살짝 갈라졌다.

"게다가 2011년 동일본 쓰나미 때 바닷물에 잠겼던 피아노가 무대 밑에 숨겨져 있어요. 연주회가 열릴 때마다, 리프트를 타고 올라옵니다."

"쓰나미요? 피아노 소리가 제대로 나던가요?" 태경이 눈을 동그랗게 뜨며 물었다.

"그 연주를 들은 사람들 중에 눈물을 안 흘리는 사람이 몇 없었어요. 모두 감동해서 영혼들의 합창이니, 천상의 소리니 하고……. 사실 저도 한순간, 피아노를 즐겨 치던 제 아들이 하늘에서 내려와 건반을 두드리는 줄 알았죠."

말끝에 웃음 비슷한 것이 섞였지만, 그건 미소라기보단 누그러진 체념에 가까웠다.

"미신처럼 들릴 수 있어요. 하지만 세상엔 정말 온갖 가능성이 다 있잖아요. 앞으로 더 놀라운 일들도 계속 생기겠죠. 과학이 발전할수록, 오히려 공포는 더 가까워지는 것 같아요."

목소리는 아까보다 차분해져 있었다. 마음이 조금 가라앉은 듯 보였다.

"신종플루 땐 저도 별일 아니라고 생각했어요. 마스크도 안 썼고요. 요즘이야 치료제가 좋아져서 일반 독감이랑 별 차이 없다고들 하지만, 그땐 정말 심각했어요. 대학병원이고 보건소고 선별진료소가 다 설치됐고, 환자들은 격리 병동에 있었죠."

그녀는 잠시 숨을 골랐다.

"타미플루 부작용으로 아파트 고층에서 뛰어내린 중학생도 있었어요. 조카한테 직접 들은 얘기예요. 다들 아시겠지만, 약에도 부작용이 있어요. 사스, 메르스, 코로나…… 겪어 보면 참 무섭죠. 저 윗사람들이 이런 걸 진지하게 고민이나 해봤을까요? 전 솔직히 의문이에요."

잠시 말을 멈춘 그녀는 뭔가를 되씹듯 눈을 감았다. 다시 입을 열었을 때, 목소리가 한결 조용해져 있었다.

"너무 갑작스러웠어요. 전날까지만 해도 멀쩡했던 아이가 시름시름 앓기 시작했어요. 병원에 갔더니 신종플루라고 했고요. 그냥 치료하면 낫겠지…… 그렇게 생각했는데……."

그녀는 말끝을 흐렸다. 눈시울이 붉어졌다.

"심폐소생술을 받는 모습을 바로 눈앞에서 지켜봤어요. '왜 하필 내 아이인가?' 싶었죠. 인정하고 싶지도 않았고, 세상이 원망스러웠어요."

나는 그녀의 얼굴에서 연민의 무늬를 읽었다.

440Hz 음악적 컬트

초로의 두 남자가 산책로 계단을 오르며 대화를 나누고 있었다.

"난 요즘 말이야, 집안일 다 해놓고 클래식 FM 들으면서 차 한잔하는 아침 시간이 그렇게 좋더라고."

"아니 자네가? 삼성 공채 1기로 들어가서 정년까지 마친 자네가? 우리 대학 동기 중에 자네 같은 사람이 또 누가 있어? 그런 자네가 쌀 씻고 밥 안치고, 세탁기까지 돌린다고? 참 기가 막히는군."

"자네 당뇨는 요즘 어때?"

일상적인 안부가 건강 문제로 슬그머니 옮겨가고 있었다. 두 사람은 우리가 앉아있는 쉼터 쪽은 돌아보지도 않고 계속 위로 올라갔다.

숲에는 고음의 박새들이 떼창을 하고, 저음의 멧비둘기들이 푸드덕거리며 날갯짓을 했다.

조교는 여전히 황명희를 바라보고 있었다. 눈동자가 좌우로 규칙적으로 움직였다. 여전히 묻고 싶은 것이 남아있는 듯했다.

황명희는 다시 잔을 들었다. 첫 잔은 입술만 적셨을 뿐이었지만, 이번에는 남아있던 잔들을 모두 비웠다. 낮술 때문인지, 조금 전 속 이야기를 털어놔서인지, 조교 말대로 팀원들 사이의 분위기는 한층 가까워진 것처럼 느껴졌다.

조교는 이 무례한 분위기를 놓치고 싶지 않았는지 배낭을 뒤적이며 막

걸리 한 병을 더 꺼냈다. 나는 아까부터 궁금했던 피아노 이야기를 다시 꺼냈다.

"소리가 정말 좋았나요? 해일에 쓸려온 피아노라면 상태가 성할 리 없었을 텐데요. 돌에 부딪히고, 구석마다 모래알이 파고들었을 텐데……."

"네. 피아노 몸체에 생긴 흠집들이 쓰나미의 기억처럼 남아있었어요."

"그랬군요."

"건반은 이가 부러진 것처럼 갈라졌고, 몇 개는 아예 사라졌어요. 현에는 곰팡이까지 슬었다더군요. 조율사는 중간에 손을 뗄까도 했다던데, 학생들에게 연주를 들려주고 싶은 마음이 더 컸대요."

"대단하네요."

"복원에 사용된 부품만 만 개가 넘었다고 해요."

"연주를 들은 사람들이 모두 눈물을 쏟았다니…… 감동이 어땠을지 짐작이 안 가요."

"소리가 데려온 숲의 경치랄까요. 막 싹이 움트는 봄의 정경, 나뭇가지 끝이 밝아지잖아요. 밀고 올라오는 봄기운 앞에서 겨울은 발 디딜 곳이 없죠."

황명희의 말은 조곤조곤했지만, 어딘가 울림이 있었다. 다현은 조용히 안경을 벗어 닦았다. 기주는 잔을 잡고 무심히 돌렸다. 하늘을 올려다보던 태경은 "아, 좋네요." 하며 중얼거리듯 말했다. 그리고 마침내, 말수가 적던 다현이 조심스레 입을 열었다. 그동안 우리 대화를 조용히 따라

오던 그녀의 목소리에는 이번엔 약간의 힘이 실려있었다.

"음을 440헤르츠에 맞출 수 있게 되면…… 그걸 기준 삼아, 어떻게든 음계를 만들어갈 수 있어요."

다현의 강한 어조에 사람들의 행동이 모두 멈추었다. 그도 그럴 것이, 지금껏 한 번도 본 적 없던 다현의 태도 때문이었다. 조교까지 놀라 주위를 두리번거리다가, 나와 눈이 마주쳤다. 태경은 입을 헤 벌린 채 멍하니 있었고, 기주는 고개를 깊숙이 숙이고 있었다.

나는 사실, 다현에게 뭔가 특이한 구석이 있다는 걸 첫 만남부터 눈치챘다. 강의실 밖에서 마주쳐도 그녀는 눈인사를 하지 않았다. 나 혼자 어색해진 경우가 몇 번이나 있었다. 특히 눈에 띄었던 건 그녀의 스마트폰이었다. 뒷면 커버를 아예 떼고 다녀서 납땜된 전기회로와 배터리, 작은 나사들까지 훤히 드러나 있었다. 자칫 옷 올이 풀릴 수도 있어 조심스럽게 다뤄야 했을 정도였다.

그런 그녀가 자신의 이야기를 또렷이 풀어내기 시작했다.

"피아노 조율을 배웠어요. 2년 정도 배우면, 피아노를 직접 치지 않아도, 음감이 뛰어나지 않아도 440헤르츠의 '라' 음을 맞출 수 있어요."

다현은 가볍게 웃으며 말을 이었다.

"어릴 적부터 기계를 분해하는 걸 좋아했어요. 언니가 치던 그랜드 피아노 뚜껑 지지대에 올라가 튜닝 해머를 갖고 놀다가 많이 혼나기도 했죠. 언니는 워낙 잘나서, 저는 항상 그늘에 숨어 웅크리고 살았어요."

그녀의 말은 한없이 가벼운 듯 보였지만, 그 속엔 복잡한 감정이 뒤섞여 있었다.

"사실 조율사에게 중요한 건 기술뿐만이 아니에요. 저 자신은 사실 조율 기술엔 별로 자신이 없었거든요. 제가 할 수 있는 건 어긋난 음을 바로 잡고, 주파수를 기준 삼아 음계를 정렬하는 정도였어요. 아름다운 소리 와는 거리가 멀었고, 그게 사람을 미치게 만들었어요."

그녀의 시선이 공중 어딘가를 향했다.

"쓰나미를 겪고, 만 개의 부품을 갈아 끼운 그 피아노. 듣는 사람 모두의 눈물을 터뜨린 그 피아노. 단지 조율이 잘돼서였을까요? 아니에요. 연 주자의 실력 때문만도 아닐 거예요."

순간 분위기가 숙연해졌다. 다현은 말을 멈추지 않았다.

"또렷한 소리를 좋아하는 사람도 있고, 부드러운 음을 선호하는 사람도 있어요. 날카롭고 뾰족뾰족한 소리를 찾는 사람도 있죠. 그런데 대부분 은 자기가 원하는 소리를 명확히 알지 못해요. 결국, 의뢰인과 함께 소 리를 찾아가는 과정이 조율이더라고요."

그녀는 실제 사례를 하나 들었다.

"어느 고객이 그러더군요. '피아노에서 활기찬 소리가 나질 않아요.' 오 래 걸렸어요. 그런데 나중에 그분이 하시는 말씀이, '소리가 동글동글해 져서 너무 마음에 들어요.'라는 거예요. 솔직히 좀 당황했죠. 동글동글하 면 부드럽고 차분한 느낌인데, 오히려 활기와는 거리가 먼 소리잖아요.

그런데 그분은 늘어지고 흩어지던 소리가, 물방울처럼 한 점에 뭉쳐졌다고 느끼신 거예요."

다현의 말에 약간 들뜬 기운이 감돌았다.

"처음엔 '밝은 소리'가 뭐가 그렇게 특별한가 싶었어요. 근데 지금은 달라요. 그 안에 담긴 감정의 의미가 너무 다양하거든요."

나는 망설이지 않고 그녀에게 물었다.

"다현 씨, 그럼 피아노 기준음인 '라', 440헤르츠는 어떤 소리에 가까운가요?"

내가 묻자 다현은 조금도 망설이지 않고 말했다.

"갓난아기의 울음소리. 신생아 울음이 440헤르츠 근처죠. 이건 전 세계 공통이에요. 이에 관련한 논문도 본 적이 있어요."

"그렇군요. 헤르츠는 1초 동안 공기가 진동하는 횟수니까, 헤르츠 수치가 높을수록 더 높은 소리겠죠?"

"맞아요, 호영 씨."

그녀가 내 이름을 또렷하게 불렀다. 그간 들어보지 못한 낯선 친근감이 묻어있었다.

"그 수치에는 뭔가 매력이 있는 것 같아요. 최근엔 오케스트라 기준이 되는 오보에의 '라'도 444헤르츠로 올라갔어요."

"모차르트 시대와 비교하면 반음 가까이 높아진 셈이네요."

"맞아요, 그렇죠."

"모차르트는 프리메이슨이었어요."

내가 참지 못하고 말을 툭 던지자 다현은 "네에에?" 하며 눈을 동그랗게 떴고, 조교만이 의외라는 듯 흥미롭다는 반응을 보였다. 그때 황명희가 조용히 한마디를 던졌다.

"사람들이 밝은 소리를 찾는 건 어쩌면 이 시대가 그만큼 어둡기 때문 아닐까요."

잠시 침묵이 흘렀다. 그리고 그녀가 말을 이었다.

"모차르트 작품은 본래 432헤르츠로 연주됐어요. 그 음은 음악 치료에도 사용돼요. 슈만 공명 같은 것요. 심박수와 혈압을 낮추고 마음을 진정시키죠. 암세포 치료 연구에도 응용되고 있고요."

"네, 다 사실이에요." 다현이 덧붙였다. "저희 스승님 말씀으론 440헤르츠를 국제 기준으로 만든 데 히틀러의 선전장관 요제프 괴벨스가 깊이 관여했다고 하더군요. 집단의 불안과 분열을 유도하는 음악적 컬트였대요."

나는 조용히 덧붙였다.

"고정된 패턴이 무한 반복되는 주파수는 정말 놀랍죠."

"그게 뭐예요?" 다현이 물었다.

"설명하려면 복잡해요. 하지만 이건 분명해요. 모든 건 1초에 근거해 측정된 파동들이고, 우리가 감각으로 구분해내는 데는 명백한 한계가 있다는 것."

"오보에 기준음이 바뀌었는데도 사람들이 거의 못 느끼는 것처럼요?"

다현이 되물었다.

"맞아요. 윤초도 비슷하죠."

'윤초.' 그 단어를 꺼내고 나는 잠깐 말을 멈췄다. 이제는 사라질 운명인 그 1초는, 마치 바뀐 오보에 소리처럼 사람들 대부분이 알아채지 못한 채 사라질 것이다.

말이 끊기자 조교는 잔을 채우며 거들었다.

"영화란 결국 '보는 것'과 '듣는 것'이죠. 이미지와 사운드의 조화. 그래서 사운드, 특히 현장 녹음이 중요한 겁니다."

그 순간, 황명희가 다시 말했다.

"다들 초조한가 봐요. 기준음이 자꾸 높아지는 걸 보면요."

앞뒤 맥락과 어긋나는 말처럼 들렸지만, 곱씹어 보면 의미심장했다. 시대의 불안이 파동처럼 높아지고 있다는 말 같았다.

나는 그녀를 바라봤다. 그녀에 대한 궁금증이 자꾸 자라났다. 특히 모스크바 횡단 열차 이야기, 그리고 그 '부녀'라는 단어. 채영이 떠올랐다. 공연장 이야기도 머릿속을 맴돌았다. 언젠가 그 럭비공 같은 건물에 가 보고 싶었다. 어차피 촬영은 우리 둘이 맡아야 할 일이기도 했다. 지금 내 머릿속은 황명희란 이름으로 가득 차 있었다.

그녀도 그걸 알고 있다는 듯, 나를 뚫어지게 바라보고 있었다.

"호영 씨, 그거 사미족 순록뿔 맞죠? 손목에 찬 팔찌요. 전부터 궁금했어요."

"네, 잘 아시네요."

"그럼요. 저도 비슷한 걸 하나 갖고 있거든요."

"그렇군요."

"사미족이 전통적으로 쓰는 '소리 언어' 알고 계세요?"

"소리 언어요?"

"'요이크'라고 해요. 느낌이나 생각을 리듬으로 흥얼거리는 거죠. 말보다 소리에 가까운 방식이에요."

"요이크……. 예전에 들어본 적 있어요. '소리 언어'라는 말, 확 와 닿네요. 인터넷에 흩어진 수천억 테라바이트도 결국은 언어 조각들이잖아요. 인류 집단의 기억이랄까."

"그렇죠. 말로는 다 못 전할 때 있잖아요. 이를테면 '아름답다' 같은 단어."

그녀의 말이 채 끝나기도 전에, 나는 나도 모르게 말을 끊고 나섰다. '아름답다'는 말에 유리구슬 속 햇빛이 떠올랐다. 그때 채영과 나, 그 맑은 리듬과 몸짓, 순식간에 휘발된 감각의 진동까지. 아름다움의 본질이란 결국 설명할 수 없는 한순간의 떨림인지도 몰랐다.

"비엔날레에서 사미족 무속 작품을 본 적 있어요." 황명희가 말을 이었다. "우리 무속 신앙과 비슷하더군요. 그런데 서해안 쪽에선 로드킬 당한 동물의 혼을 달래는 굿도 있대요. 동물 머리를 이고 원을 돌며 굿을

하는 식인데…… 개, 돼지, 고양이, 심지어 황소까지."

그녀의 설명은 점점 기이해졌다. 나는 무심코 떠오른 이미지에 휩싸였다. 그녀 손에 언월도가 들려있는 양, 무구를 손에 쥔 무속인이 연상되었다. 내가 잠깐 몸을 움찔하자, 그녀도 그 낌새를 눈치챘는지 말을 멈췄다. 우리 사이에 짧은 침묵이 흘렀다.

그러다 그녀가 갑자기 던졌다.

"이번에 공유한 시나리오는, 아니겠죠?"

그 질문은 마치 방심한 틈을 찌른 펀치 같았다. 나는 준비가 안 된 채 허둥댔다.

"아, 네에……. 멘토링은 받고 있는데요, 뭔가 제 길이 아닌 것 같아서요. 요즘은 폴리 녹음실에서 알바 중인데, 자꾸만 그쪽으로 끌려가고 있네요."

"그럴 수 있지요."

황명희는 고개를 끄덕였지만, 더는 묻지 않았다. 이상할 정도로 담담했고, 대화의 기세도 어느샌가 잦아들었다.

라즈베리 유니버스

소리는 텅 빈 건물의 창틀에서 났다. 바깥쪽에 덧대어진 녹슨 금속 창살은 거스러미처럼 들떠 있었다. 파리하게 바랜 청록색 창은 청명하고 따스한 가을볕과 묘하게 대조를 이뤘다.

황명희는 틈새 벽에 등을 붙인 채, 한 발씩 옆으로 움직였다. 삼사십 센티도 안 되는 좁은 공간이었다. 그 사이로 들어간 것 자체가 무모해 보였다. 역시 그녀는 온전히 제정신이라고는 생각하기 어려웠다. 그녀는 머리카락을 귀 뒤로 넘기고, 턱을 치켜들며 참았던 가쁜 숨을 내뱉었다. 아랫입술을 물고, 팔을 벽에 댄 채 잠시 호흡을 골랐다.

콧잔등으로 내리쬐는 빛은 날렵한 콧선을 강조했다. 거미가 꼼지락거린 건 바로 그때였다. 쇠창살에 드리워진 거미줄 위에서 노란 줄무늬 다리를 꿈틀이며 먹잇감 쪽으로 몸을 비틀었다. 그녀는 아랑곳하지 않았다. 마치 거미처럼 손가락을 움직이며 옆으로 미끄러져 나갔다.

내 시선이 그녀의 왼쪽 어깨 언저리에 닿을 듯 말 듯한 순간, 금속성 물질이 부딪는 소리가 났다. 이 좁은 틈에서 조금만 움직여도 몸이 끼일 수 있었다. 나는 발밑을 살폈다. 담배꽁초와 누렇게 바랜 낙엽 더미가 군데군데 보일 뿐, 소리를 낼 만한 것은 없었다.

그때였다. 소리 한 덩이가 7.2초 간격으로 뇌의 전두엽에서 후두엽으로, 다시 측두엽으로 옮겨 다녔다. 머릿속이 조여들었다. 또다시 섬망이었다. 어디선가 잎사귀가 바스락대더니, 갑자기 파충류가 발목을 휘감는 듯한 착각이 들었다. 등줄기에 식은땀이 흘렀다. 심박수는 뛰고, 혈관은 확장되고 있었다.

빠져나가야 했다. 그렇지 않으면 질식할 것 같았다. 하지만 몸은 말을 듣지 않았다. 불현듯 기이한 생각이 들끓었다. '두려움은 쓸데없는 관념이야. 두려워하지 말라, 성경에 365번 나온다. 1년이 365일인 것처럼 말이야.'

소용없었다. 뱀이 떠올랐다. 나도 모르게 턱 아래로 시선을 내렸다. 검은 비닐봉지가 바람을 타고 날아들더니, 내 발목에 들러붙었다. 흙먼지가 피어올랐다. 뱀이었다. 적어도 내 뇌가 그렇게 받아들였다. 몸이 순간적으로 움츠러들었다.

사람은 눈으로 봐야 믿는다. 나는, 소리를 통해 믿고 있었다. 도대체 왜 그 틈새로 들어갔던가. 망설이는 데 삼 초도 걸리지 않았는가. 지금 와선 미친 짓 같았다. "들어와 볼래요?" 무심히 던졌던 그녀의 말. 황명희의 목소리는 리스트의 〈위안〉처럼 들렸다. 평온하고 고요했다. 익숙한 장르처럼 스며들었다. 그래서 나는 그 말을 믿었다. 또는 그 주파수에 속았다.

"괜찮아요?"

그녀는 여전히 벽에 등을 붙인 채, 허리를 곧추세우며 말했다. 나는 두려움을 들키지 않기 위해 손과 발을 천천히 움직였다. 손을 뻗자 그녀의 약지 손가락에 손끝이 닿았다.

"그 팔찌요. 순록뿔에 새긴 영혼 지도……. 뭘 그렇게 떠세요? 걱정은 그만 내려놔요."

그녀는 모든 걸 알고 있다는 듯 초연하게 웃었다. "이제 나갈까요?"

나는 복부에서부터 숨을 끌어올려, 코와 입으로 천천히 내쉬었다. 그녀는 무심하게 씨익 웃었다. 침묵이 두 사람 사이를 채웠다.

밖에서는 자동차 경적, 사이렌, 오토바이 머플러 소리가 뒤엉켰다. 도시의 음향들이 좁은 틈까지 들이쳤다.

"30년 전 첫 직장⋯⋯. 저기 5층에서 일했어요."

그제야 그녀가 조심스레 입을 열었다.

"정말요?"

"네, 그랬다니까요. 카피 문안도 쓰고 비주얼 디자인도 했었죠."

"그때부터 광고 일을?"

"시킨 대로만 일하는 게 성격에 안 맞더라고요. 편두통도 생기고, 결국 관뒀어요. 독립한 셈이죠. 그 무렵에 사고가 있었어요."

"무슨 사고요?"

"여기서 멧돼지 한 마리가 죽었어요."

"어디요?"

"바로 여기, 이 틈에서요."

"네? 왜 하필 여기에⋯⋯. 어디서 온 걸까요?"

"정확한 건 몰라요. 남산이 가깝잖아요."

"멧돼지 우는 소리를 들었어요?"

"처음엔 몰랐어요. 뭔가 괴성이 들리긴 했는데, 얼마 안 가 조용해졌거든요. 나중에 들으니, 체중이 백 킬로는 훌쩍 넘었다더라고요."

"신고는요?"

"주민이 민원 넣었죠. 경찰이랑 119가 출동했는데, 몸집이 너무 커서 꺼내지도 못했어요."

"듣기만 해도 끔찍하네요."

"진짜 끔찍한 건 그다음이에요. 부피를 줄이려고 과립 생석회를 물에 녹여서 건물 옥상에서 들이부었대요. 삼사일 간격으로, 몇 번이나."

나는 숨이 막혔다. 출구를 찾지 못해 쩔쩔맸을 멧돼지의 모습이 내 안에서 겹쳐졌다. 내 몸도 마치 녹아내리는 듯한 통증에 휩싸였다. 학습된 상상만으로도, 뇌는 실재의 감각을 만들어낸다.

그 감각은 건설 현장에서 일하던 기억과 연결되었다. 알바로 생석회를 만든 적이 있었다. 드럼통에 생석회 가루를 붓고 젓자, 거품이 끓어오르고 석회가 튀어 올랐다. 열을 측정하면 $200\,^{\circ}\mathrm{C}$에 이른다. 생석회, CaO는 원래 지구상에 존재하지 않았던 물질이었다. 석회석 원석에서 이산화탄소를 걷어낸 물질. 그 틈에 인간의 니즈가 교활하게 들어앉았다.

나는 발끝을 내려다봤다. 생석회가 멧돼지의 육체를 삭혔듯, 그 영혼도 나를 덮칠 것만 같았다. 알 수 없는 공포와 혼란이 밀려왔다. 왜 이 공간에 들어왔던가. 할아버지가 돌아가신 후로, 추스르지 못한 몸과 마음이 여전히 출구 없는 복도를 헤매는 중이었다.

"한 열흘쯤 걸렸대요. 완전히 삭히는 데."

황명희는 그렇게 말하고, 옆으로 서너 걸음 옮겼다. 나도 무의식적으로 그녀의 걸음에 발을 맞췄다. 조금만 더 가면 통로가 나온다고 했다. 그녀는 머리카락을 귀 뒤로 넘겼다.

그 순간, 나는 그녀의 잘생긴 귀를 보았다. 그녀의 귀를 다시 보게 되기까지, 제법 적지 않은 시간이 걸렸다. 귓불 아래 까만 점 하나가 시선을 사로잡았다.

사람들의 귀를 관찰하는 것은 내 비밀스러운 취미다. 귀의 위치, 귓불, 귓바퀴, 귓구멍, 그 둘레까지, 귀는 괴이하면서도 흥미롭다. 귓바퀴에 종유석처럼 솟는 대이주는 독특했다. 주로 어린아이에게 나타났다.

덩치가 큰 사람이 귀는 유난히 작은 경우가 가끔 있다. 그런 사람은 손으로 귀를 감싸 쥐듯 모으고, 그다음엔 소리를 집중해 들으려는 자세를 취한다.

가위에 눌린 꿈에서 귀는 늘 주인공이었다. 걸음을 뗄 때마다 바닥에 귀 한쪽이 떨어져 있었다. 처음엔 놀라 소스라치지만, 곧 익숙해진다. 똑같은 꿈을 반복해서 꾼다는 걸 꿈속에서조차 인식한 나는, 귀를 하나씩 주워 옷 앞자락에 쓸어 담는다. 그러나 아무리 주워도 주워도 귀는 끝없이 바닥에 나타난다.

귓구멍에 접지하듯 다육식물이 자라기 시작한다. 그 싹은 동화의 콩나무처럼 번식하고, 마침내 나는 외피 속에 파묻힌다.

그 와중에도 나는 귀를 줍는다. 주머니에 채워 넣고, 다시 걷는다. 또 걷고 걷는다. 어느새 사다리에 다다른다. 이끼가 덮인 사다리는 구름에 닿아있고, 구름이 가린 것 같지만 그 위로도 사다리는 계속 이어져 있다.

반복. 반복. 반복. 그 일상적인 반복은 결국 공포로 귀결된다. 나는 참지 못하고 비명을……

누군가가 나를 흔들어 깨운다. 전쟁통에 귀 하나를 잃었던, 진짜 귀가 하나 없는 할아버지였다.

*

황명희와 내가 동시에 동공을 크게 뜬 건, 난간에 놓인 에어컨 실외기를 보았을 때였다. 'GOLD STAR' 마크 아래 GA-120.

"금성! 정말 오래된 거네."

짧게 중얼거린 그녀가 구부정한 자세로 실외기 쪽에 머리를 갖다 댔다. 이마가 실외기에 닿았다. 그제야 이 틈의 좁음을 실감했다.

창가 거미줄엔 크고 작은 검은 점들이 다닥다닥 붙어있었다. 독에 중독된 곤충들이었다. 거미는 그 먹잇감을 산 채로 먹는다.

나는 창틀을 유심히 봤다. 칠은 벗겨졌고, 녹슨 쇳가루가 틈마다 잔뜩 끼어있었다. 데친 토마토 껍질처럼 벗겨진 얇은 금속을 손끝으로 만졌다. 말라붙은 잠자리 날갯소리, 처음엔 창 쪽에서 나는 소리라고 생각했다. 하지만 아니었다. 아니라고 알려준 사람은 황명희였다.

그녀는 검지를 입술에 갖다 댔다.

"쉿!"

돌거울 틈에서 고양이가 운다고 했던 말이, 그제야 이해되었다. 그녀는 검지를 뗀 채, 조용히 내 쪽을 바라봤다. 나는 마치 최면에서 깬 사람처럼 고개를 조아렸다.

소리가 들린 건 단합대회 날이었다. '융합컨텐츠발전소'를 벗어난 지 얼마 되지 않았을 때였다. 눈이 뻑뻑해서, 인공눈물을 넣으려 바위에 걸터앉았다. 양치식물 틈에서 핏빛 맨드라미가 고요히 솟아있었다. 크로스백에서 인공눈물을 꺼내 들고 고개를 뒤로 젖혔다. 은사시나무 가지 사이로 햇빛이 하얗게 쏟아졌고, 우듬지 끝에서 날아오른 새 한 마리는 빛무리에 스며들듯 사라졌다. 인공눈물을 넣은 탓일까. 고개를 들자 내 주변의 사물들이 여러 겹으로 뭉쳐 보였다. 맨드라미 꽃다발이 땅속으로 파고들었다. 반대로 뿌리가 순식간에 지상으로 솟구쳤다. 사람의 하반신을 닮은 맨드레이크의 뿌리. 나는 고개를 세차게 흔들었다. 정신이 혼미해졌다. 왜 하필 '사람 피를 먹고 자란다'는 그것이 보였을까. 뿌리에서 육두구나 정향처럼 강한 향신료 냄새가 피어올랐다.

순간, 프로포폴 같은 수면제에 취한 기분이 들었다. 의식의 경계가 무너지고 있었다.

나는 내가 물 위에 떠 있는 부레옥잠이 된 것 같기도 했고, 뿌리째 이주하는 열대우림의 나무처럼 느껴지기도 했다. 어딘가에도 존재하지 않는 느낌. 가상 속에서조차 철저히 부유하는 기분이었다. 아래를 내려다

보았다. 정오의 태양이 허연 물체에 그림자를 드리우고 있었다. 나는 그 반쯤 하얗고 반쯤 어두운 물체가 바로 '나'라는 사실을 의심하지 않았다. 소리는 늘 나를 옭아매는 올무였다. 소리를 먹어야만 살아갈 수 있는 괴물, 그런 존재가 바로 나 자신이라는 생각이 들었고, 눈물이 왈칵 쏟아졌다.

무조건 내 편이던 할아버지도, 이제는 이 세상 사람이 아니다.

고통은 온전히 내 몫이다. 그 누구와도 나눌 수 없다.

늘 그렇듯, 나쁜 징후는 예고 없이 돌진해왔다.

*

나는 일부러 그녀의 귀를 화제 삼았다.

"황명희 님은 귀가 잘생기셨어요."

"잘생기다니요? 남자가 들어야 기분 좋은 말 아닌가요?"

요즘 시대에 성별을 운운하면 꼰대로 몰릴 수 있다! 그녀는 슬쩍 말을 흐리며 틈새에서 몸을 얼른 빠져나왔다. 도로 폭은 그리 넓지 않았다. 차가 다닐 만한 골목도 아니었다. 위쪽으로는 계단을 가운데 두고 양옆에 집들이 다닥다닥 붙어있었다.

"자, 그럼 본격적인 헌팅을 해볼까요?"

"저희 촬영 콘셉트가 자연광이잖아요."

"그렇죠. 최대한 다큐 느낌으로 가야죠. 카메라 선택은 회의에서 정하겠지만…… 색온도, 5600K니 3200K니 하는 것도 강의 시간에 배웠지만, 빛이란 게 참 오묘하죠. 파장이 안 맞으면 서로 제멋대로인 거예요. 엄청 많은 북을 동시에 제각각 치는 것처럼요."

"호영 씨 팔찌에 그려진 거, 그거 북이죠? 둥둥둥둥, 울림통……. 사람 몸도 북이에요. 허파가 진동하지 않는다고 생각해 보세요."

"아, 참. 사미족 순록뿔인 거 어떻게 아셨어요?"

"북위 68도, 툰드라에 간 적 있어요. 사미인 북에는 둘로 나눈 선이 있죠. 산 자와 죽은 자의 세계를 나눈다더군요. 태양을 상징하는 기호도 있고요."

"그렇군요."

"사미인들은 악보도 없고 가사도 없이, 소리로 감정을 전달하죠. 특이했어요."

"아무튼…… 촬영은 어떤 방식이 좋을까요?"

"소형 카메라가 좋을 것 같아요."

"#S2에서 배우가 전화하는 장면, 저 계단에서 찍으면 어때요?"

"저도 그렇게 생각했어요. 지금은 빛이 약해서 좀 어려울 것 같고…… 정오 전에 다시 와보는 게 좋겠어요."

"그럼 호영 씨가 저 계단에서 배우 역할 대신해 보세요. 제가 스마트폰으로 먼저 찍어 볼게요. 시간도 체크해야 하니까. 여기 골목 모퉁이까지 걸어오세요. 원 테이크로 갑니다."

"네, 그렇게 하죠."

황명희와 나는 손발이 척척 맞았다. 스마트폰으로 찍은 영상을 보며 걸음걸이 속도와 카메라 위치를 조정했다.

"아이폰으로 촬영할 수도 있으니까 셀카봉도 준비하죠."

황명희 말에 나는 고개를 끄덕였다. 그녀는 이 동네 지리에 훤했다. 경사진 곳에 집들이 붙어있어 계단과 길이 복잡하게 얽혀있었다. 나는 도대체 어디로 가야 큰길이 나오는지 헷갈릴 지경이었다. 굽은 길을 따라가다 보면 철제 계단이 나타났고, 슬레이트 지붕 위에 방수포가 덮인, 무너져가는 집도 있었다. 담장 너머로는 맨드라미, 채송화, 봉숭아가 피어있었고, 어떤 집은 문이 길에 붙어 활짝 열려있어 살림살이가 훤히 보였다. 한마디로 여기도 미로, 저기도 미로였다. 도로명 주소가 무색했다. 60센티 폭의 골목길은 구불구불하게 좌우로 갈라졌고, 어느 순간에는 세 갈래, 네 갈래로 갈라지는 원형 공터도 나타났다. 나는 황명희 뒤만 졸졸 따라갔다. 잘못하면 길을 잃기 십상이었다. 사미족처럼, 생각과 느낌을 소리에 담아 내 위치를 알릴 수 있다면, 방황할 일이 없으련만. 나는 '소리 한 덩이'의 노래를 아주 낮은 목소리로 흥얼거렸다.

우리 집에 왜 왔니 왜 왔니 왜 왔니

꽃 찾으러 왔단다 왔단다 왔단다

좁은 골목 모퉁이에서 황명희가 사라진 건, 아주 잠깐이었다. 나는 입안에 맴돌던 노랫소리를 삼키며 재빨리 걸음을 옮겼다. 그녀의 걸음은 너무 빨라, 벌써 뒷모습조차 사라지고 없었다. 나는 부리나케 뒤를 쫓았다. 길은 QR코드처럼 느껴졌다. 모자이크 블록들로 이뤄진 듯한 형상. 앱으로 스캔해야만 압축이 풀리고, 확장되고, 비로소 재생되는 것처럼. 0과 1의 세계는 장단 맞지 않는 북소리 같은, 혼돈스러운 파동의 성질을 띤다. 하지만 그 안에도 분명 질서와 패턴은 존재한다. 단지 우리가 그것을 모를 뿐이다.

"숨겨졌을 뿐이다. 찾아내면 된다."

나는 스스로에게 그렇게 말했다. 그게 현실이야. 현실이란, 바코드 없는 존재. 그러니까 두려워할 이유가 없는 거야.

그때였다.

"우리 집에 왜 왔니 왜 왔니 왜 왔니, 꽃 찾으러 왔단다 왔단다 왔단다."

노랫소리를 흥얼거리며 황명희가 양팔을 벌려 나를 가로막았다. 우리는 돌거울 앞에 서 있었다. 아니, 바위거울이라 해야 맞았다. 거대한 바위를 두부처럼 매끈하게 절단해, 양면에 전신거울을 붙여 45도 각도로 세워놓은 구조물. 내 키보다도 20센티는 더 높았다.

"지난번에, 저 틈에서 고양이 우는 소리를 들었어요."

황명희가 몸을 내 쪽으로 살짝 기울이며 말했다. 그 순간, 그녀 자체가 고양이를 닮은 느낌이었다.

거울에 비친 우리의 모습,

나의 전신, 절반만 비친 그녀의 실루엣,

둘은 넷이 되고, 넷은 여덟, 여덟은 열여섯.

그다음부터는 셀 수 없었다. 마치 몰입형 미디어아트 속 구슬에 던져진 듯, 나는 내가 아닌 나들로 분열되었다. 십의 이십팔제곱. 소실점 너머로 무한히 이어지는 잔상. 4분음표를 16분음표로 나눠 노래를 불러도, 소실점은 또 다른 소실점을 낳고, 이미지는 또 다른 나를 복제했다. 황명희가 낮게 말했다.

"헷갈리면 안 돼요. 우리 뇌 속 거울신경은, 행동은 물론 감정까지도 지배하니까요."

딱딱한 말투. 하지만 그 목소리는 비현실적인 존재감이 있었다……. 그녀는 정말로, 유령이었나.

정신을 차린 나는, 황당한 사실과 맞닥뜨렸다. 그곳은 다름 아닌, 미디어 허브의 유리블록 문턱 바로 앞이었던 것. 현실감과 조응하는 데 실패한 나는 얼떨떨한 채로 망상했다. '문은 문이되, 이건 다른 차원의 통로일지도 몰라.' 이곳에 처음 왔던 날부터 이상했다. 문밖으로, 전자 파동음이 들려왔으니까. MRI 기기에서나 나는 자기장 전자파 비슷한 소리. 내 귀를 가시처럼 찔렀지만, 소리에 민감한 내가 분위기를 깰까 봐 그냥 참았었다. 그런데 이상하게도, 순간순간 그 문턱에 시선이 갔었다. 믿기 어려운 현실이었다. 초록색 차양을 뚫은 빛이 벽면에 세룰리안 블루로 퍼지고 있었다. 문턱을 막 넘으려던 찰나,

팀원들이 이구동성으로 반갑게 맞았다.

"촬영부, 오늘 정말 수고 많았어요."

촬영 날짜가 점점 다가오고 있다. 지난 단합대회 때, 조교는 여러 차례 당부했다. "제작 회의는 철저히, 프리 단계는 완벽히." 1차 실습이 끝나고, 한 달 뒤에는 바로 2차 촬영이 기다리고 있었다. 예산은 빠듯했고, 시간은 부족했다. 로케이션 확인, 콘티 작성, 신 리스트, 장면·장소 구분표, 일일 촬영 계획표, 컷별 촬영 순서표, 헌팅 보고서……. 모두 빠짐 없이 준비해야 했다. 그중 헌팅 보고서는 황명희와 나의 몫이었다. 책상 위에는 다현의 투박한 노트북이 덩그러니 놓여있었다. 백팩을 열어 회의 준비를 하려던 그때.

출입문이 열리며 조교가 들어왔다. 그는 유리블록 문턱 쪽으로 가까이 다가서며 말했다.

"로케이션 헌팅 시, 햇빛 방향과 광량을 잘 살펴야 해요. 그에 맞춰 촬영 순서를 정해야 시간 안에 마칠 수 있어요. 현장에선 늘 변수가 많습니다. 배우 얼굴에 그림자가 진다거나, 노출이 날아간다거나……. 테이크를 여러 번 갈 여유는 없을 겁니다. 그리고, 배우 섭외는 됐나요?"

"네. 필름 메이커스에 올렸더니 많은 분들이 연락 주셨어요."

태경이 말했다.

"봉선 역할 맡고 싶다며 연기 영상을 보내주신 분도 계세요. 오늘까지만 지원자 더 받아보고, 내일 아침 결정해서 바로 연락드리려 해요. 그런데, 카메라 결정을 아직 못 해서요."

조교는 곧장 말을 이었다.

"오재미동에서 렌탈하는 방법도 있고요. 시간이 부족하면 1차 촬영은 아이폰으로 해도 됩니다. 다들 맥 쓰죠? 편집용 프리미어 프로도 설치하고, 비용은 공동경비에서 지출하세요."

그는 말이 막힘없었다. 그리곤 한쪽 벽에 세워져 있던 자전거를 끌고, 출입문 밖으로 나갔다. 얼마 전 긁힌 뺨은 붉은 기가 많이 가셨다.

"현장에서 폰카로 찍으면 배우가 실망하지 않을까요?"

기주가 걱정스레 말했다. 다현은 조용히, 석고상처럼 앉아있었다. 태경은 너스레를 떨었다.

"너무 기대하시는 것 같은데…… 도망치면 어쩌죠?"

말끝을 올리며 쿡쿡 웃자, 기주와 다현도 따라 웃었다.

"설마요. 그럴 리가요."

황명희가 짧게 추임새를 넣듯 말했다. 나도 한 박자 늦게 웃었다. 그 웃음이, 나의 것이 아닌 듯 낯설었다. 나는 여전히 QR코드 같은 미로 속, 그 골목에서 빠져나오지 못한 채였다.

아침 10시에 시작된 수업은,

저녁이 돼서야 끝났다. 회의, 미팅, 과제 마감…… 스트레스가 극에 달하고 있었다. 게다가 폴리 녹음실 알바까지 겹쳐 컨디션은 바닥이었다. 그렇다고, 상담을 미룰 수는 없는 일이었다. 원장 선생님과의 약속이 있었으니까.

*

"호영 군. 건물 틈엔 무슨 일로 간 거죠? 같이 간 사람이 있었나요?"

"네, 원장님. 미디어 허브에서 촬영을 맡고 계신 분이었어요. 저랑 함께요. 나이가 지긋하셔서 저희 팀원들을 자식처럼 대해주시거든요. 한 번은 그러셨어요. '아들이 살아있었다면, 너 정도 나이였을 거야.'"

"……외아들이라고 했죠."

"네. 신종플루로 돌아가셨대요."

"그랬다면, 호영 씨를 아들처럼 느낄 수도 있었겠네요."

"그분은…… 이상하게 저와 단단히 엮여있는 것 같았어요. 어쩌면 귀 때문일지도 모르죠. 좁은 틈에 함께 있을 때, 처음으로 그분의 귀를 자세히 봤어요. 노루귀꽃을 닮았더군요."

"노루귀?"

"네. 할아버지가 유난히 아끼시던 야생화요."

"……그래요. 그 이야기를 한 적 있었죠."

"할아버지와 노루귀꽃을 찾으러 갔다가, 추락사고를 당했죠. 그때 이후로 제 뇌는 지금도 계속 멍든 느낌이에요."

"천천히 얘기해봅시다."

"할아버지에게 '잘생김'이란 노루귀꽃 같은 걸 뜻했어요. 절벽 아래에서 의식을 잃은 채 깨어났을 때, 저는 제 귀가 이상하다는 생각부터 했어요. 아니, 아마 할아버지가 그렇게 각인시켰는지도 모르죠. 청력이 바뀐 건지, 고모가 제 귀를 예뻐했다던 말 때문인지, 전쟁 때 잃으셨던 당신 귀에 대한 회상이었는지…… 할아버지는 그 꽃 이야기를 잊을 만하면 하셨어요. 잊을 만하면 또."

"회상의 투사, 아니…… 계속해봐요."

"아직 더 있어요."

"뭔가요?"

"미친 여자요."

"……네?"

"노루귀는 수줍은 듯 명랑하고, 명랑한 듯 부끄럼을 타는 꽃이라고 하셨어요. 마을에 한 명 있었거든요. 사람들이 미쳤다고 부르던 여자. 할아버지는 그 여자를 노루귀꽃에 비유하셨어요."

"호영 군. 자, 장면별로 나눠봅시다. 지금 말한 것들, 연관이 있어 보여요. 데칼코마니처럼 대칭이 완벽할수록, 그 안에서 패턴은 드러나거든요."

"목록 356번이요. 한 번은 꿈에서, 또 한 번은 단합대회 산행 중에, 그리고 어제…… 꿈에서 봤던 그 장소에 실제로 갔어요. 이런! 연관이, 연관들이 너무 많아요. 어째서, 어째서 이런 일이 반복되는 거죠? 원장님은 아시잖아요. 전 그냥 소리에 조금 민감할 뿐이에요. 그게 다인데……. 나는 지금, 벌 받고 있는 것 같아요. 일어나기 전부터 알고 있었던 것처럼. 아니면 내가 꾼 꿈이 그 일을 일으킨 걸 수도 있고요. 저, 정말 미치겠어요. 아니, 실제로 미쳐가고 있어요. 어떻게 이런 우연이 반복될 수가 있죠?"

"그럴 수 있어요. 그건 '우연'이 아니니까요."

"……그럼 필연이란 말씀이세요? 갈톤 보드에 떨어지는 삼천 개의 쇠구슬도 아니고……. 저 좀 이해하게 설명해 주세요. 제발."

"상징이에요. 집단무의식에 나타나는……."

"쉽게요. 지금은 쉽게요."

"우리는 일상에서 설명하기 힘든 경험을 하곤 하죠. 처음 가본 곳인데 낯익은 느낌이 든다거나, 온종일 떠올린 노래가 갑자기 라디오에서 나온다거나. 혹은 어젯밤 꿈에서 본 사람이, 그다음 날 떠났다는 소식을 듣는다든가."

"……실제로 그런 꿈을 꿨어요. 한복 두루마기를 입은 할아버지가 버스를 타고 어딘가로 가시던 장면…… 무채색의 사람들이 앞뒤에 앉아있었어요."

"그래요. 보통은 그저 우연이라 생각하죠. 하지만 20세기 초의 정신의 학자 칼 융은 달랐어요. 전혀 관련 없는 사건이라도, 무의식 안에서는 서로 연결될 수 있다고 봤거든요. 그는 수많은 사람의 꿈을 수집해 반복되는 상징의 패턴을 관찰했고, 그걸 '집단무의식'이라 불렀죠. 그리고 그 패턴을 이해하면, 삶을 대하는 태도 자체가 바뀔 수 있다고 했어요."

"상징적 패턴이요?"

"그렇습니다. 방금 말한 갈톤 보드, 이항분포 실험기를 떠올려보세요. 삼천 개의 쇠구슬이 각기 다른 방향으로 튀며 막대에 부딪히지만, 최종적으로는 똑같은 곡선을 만듭니다. 우연 같지만, 필연이죠."

"그게 신기해요. 구슬 하나하나는 제멋대로 움직이는데도, 결국엔 완벽하게 좌우대칭을 이루잖아요. 누가 길을 미리 정해둔 것처럼요."

"맞아요. 마치 섬들이 따로 존재하는 것 같지만, 바닷속에서는 모두 같은 대륙으로 이어져 있듯이. 각각은 떨어져 있어 보여도, 실은 한 덩어리로 진동하고 있는 거죠. 작은 돌멩이에도, 풀잎 하나에도 고유 진동수가 있어요. 하물며 인간은요. 모두가 서로에게 파장을 주고받는 존재예요."

"……."

"태풍이 오기 전 바닷소리를 들어본 적 있나요? 그건 단지 바람이나 물이 내는 소리가 아니에요. 광물의 울음 같기도 하고, 지구의 숨소리 같기도 하죠. 아우성 같기도 해요. 듣도 보도 못한 저주파의 결절이 대륙 전체를 진동시킵니다. 그건 하나의 생명체처럼 반응하는 거예요. 그물망처럼."

"집단무의식이라는 것도 그런 건가요?"

"그렇죠. 사람은 개별적으로 존재하는 듯 보여도, 깊은 차원에서는 모두 연결되어 있어요. 과거의 경험은 반복되고, 꿈과 환상과 신화 속에 변형된 채 나타나요. 시간과 공간을 초월해서요. 마치 한 방향으로 흐르는 강이 아니라, 저마다 다른 리듬을 지닌 파동들이 겹쳐지는 바다처럼. 양자역학도 그렇다고 하죠? 입자인 동시에 파동……."

"입자인 동시에 파동……."

"네. 이렇게도 얘기할 수 있어요. 색즉시공, 공즉시색. 비어있어서 모든 것이며, 모든 것이기에 비어있는 것……."

"그건…… 기억나요. 할아버지가 하셨던 말씀이에요."

"할아버지는 아셨던 거예요. 과학도 종교도, 상징도 결국 같은 구조를 가리킵니다. 그것은 인드라망의 구슬과도 같은 것이죠. 인드라망이 뭔지 아나요?"

"아니요. 하지만…… 알고 싶어요."

"인드라는 화엄경에 나오는 인도 신들 중 하나에요. 날씨와 전쟁을 관장하는 하얀 코끼리를 타고 다니는 신이죠. 석가모니의 수호신인 제석천에는 인드라망이라는 커다란 그물망에 구슬이 걸려있어요. 불교 화엄 사상에서는 우주를 인드라망에 비유합니다. 그물망에 구슬이 매달려 있어요. 각각의 구슬엔 다른 모든 구슬이 무한히 비쳐요. 나무 한 그루, 개미 한 마리, 사람 하나도 고립되어 존재하는 게 아니에요. 각자는 전체를 반영하고, 전체는 각자에게 들어있습니다."

"그러니까…… 결국엔 전부 진동하고 있다는 이야기처럼 들려요."

"그 말이 맞아요. 자, 그런데 하나 물어볼게요. 할아버지 유품, 아직도 열지 않은 이유가 뭘까요?"

"……"

"기억하죠? 일기 목록 중에 '소리 한 덩이'라는 제목. 356번."

"네, 기억나요."

"서로 다른 두 공간의 발소리를 묘사한 항목이죠. 유리블록 문턱 너머의 소리 하나. 그리고 403호 복도 끝, 현관 앞을 지나가던 사내의 발소리."

"그 둘의 소리가 겹쳤어요. 아주 짧게."

"얼마나?"

"7.2초요."

"그 소리, 기억나나요?"

"정확히는 몰라요. 불협화음이었어요. 그런데 끝에 가선 조화를 이루더라고요."

"……7.2초의 조화."

"마치 432헤르츠와 440헤르츠 사이 어딘가의 음처럼요."

"그건 거의 임계점이죠."

"그랬어요. 감정의 피크도, 무너짐도 아니었어요. 어떤 정적."

"뇌파계로 한번 측정해 볼까요?"

"……오늘은 좀, 힘들어요."

"그럼 오늘은 여기까지 합시다."

*

태경은 오늘도 가장 먼저 와 있었다. 단합대회 이후, 그는 팀원들 사이에 부드러운 구심점이 되었다. 꾸준히 말을 붙였고 어느새 사람들은 그를 중심으로 안정되었다. 아이스아메리카노 톨 사이즈가 노트북 옆에 놓여있었다. 그 반대편에는 기주의 시나리오가 펼쳐져 있었고, 그의 입술은 커피 빨대를 감싸며 단속적인 음파를 내보냈다. 그 소리는 기묘하게 길게 이어졌다. 모니터를 바라보던 눈이 나를 향해 돌아왔다.

"호영 씨! 오늘 촬영팀, 황명희 님이랑 #S2 로케이션 가죠?"

나는 얼결에 "네." 하고 대답했다.

복도에서는 여러 층의 소음이 들려왔다. 전화기에서 빠져나온 웃음소리, 끌리는 발소리, 머뭇거리는 오토바이 머플러 소리. 그것들이 뒤엉켜 내 머릿속에 남아있는 파장을 건드렸다. 기주는 며칠째 외장하드 얘기를 꺼내지 않았다. 드레이어의 단편 영화, 그건 10분짜리였고, 오토바이 엔진 소리는 거의 8분 가까이 이어졌던 걸로 기억된다. 실제인지 상상인지 모를 그 소리가 지금 내 안에서 공명하고 있었다.

만약 그 10분을 1초로 압축한다면, 파형은 어떤 모습으로 구조화될까.

규칙은 있을까. 아니면 단순한 반복일까, 또는 진폭만이 남을까. 어쩌면, 파동의 형태가 기억을 저장하는 방식이 드러날지도 모른다. 나는 문득 폴리 녹음실에서 일하는 진수 형을 떠올렸다. 카이스트에서 의전으로 진학했다가 박차고 나왔고, 지금은 대한뉴스 흑백필름에 현대의 소리를 입히는 사람. 나와는 다른 유형의, 소리에 대한 열정.

그 순간, 기주가 들어왔다. 전자담배 특유의 냄새가 묻어 들었고, 그는 내 어깨에 손을 얹으며 "산행 때문에 좀 늦었어요," 하고 말했다. 나는 물었다. "드레이어 영화 파일은……?"

그는 고개를 절레절레 흔들며 웃었다.

"말하려고 했는데 깜빡했어요. 재수 없게 맥주를 엎질렀거든요. 파일이 다 날아갔어요."

머릿속에선 그날 밤 전화가 떠올랐다. 쿵 소리, 짧은 욕설, 탄산 기포가 올라오던 그 특유의 소리. 그날. 모든 게 망가지는 소리. 나는 체념하듯 검색창에 '칼 테오도르 드레이어'를 입력하려고 했다.

그때, 황명희가 들어왔다. 손엔 간식이 가득했다. 빵, 쿠키, 음료수. 테이블 위에 하나씩 풀어놓으며 기주를 바라봤다.

"기주 씬, 건축사셨죠? 지금도 그 일 하세요?"

"아뇨. 그만뒀어요. 여기 나와야 하니까. 3개월은 꼬박 나와야 하잖아요."

"근데 영화도 잘 아시고…… 건축이랑 비슷한가요?"

"엄청 비슷하죠. 설계도를 그릴 땐 특히요."

그는 손을 공중에 그었다. 눈앞에 보이지 않는 프레임이 생겼다.

"벽을 세우고 프레임을 만들고, 공간을 구상하죠. 그게 실물로 세워지면 말할 수 없이 짜릿해요. 2차원 위에 있던 상상이 3차원 현실이 되거든요."

"그 말, 멋지네요. 마음속 도면이 눈앞으로 펼쳐진다는 것."

기주는 웃었다.

"영화도 비슷해요. 이미지가 사람 마음 안에 새로운 기둥을 세우고, 벽을 만들고, 천장도 세우죠. 전 그게 제일 매력적이에요."

태경은 커피에 쿠키를 찍어 먹으며 "맞아요." 하고 고개를 끄덕였다. 커다란 뿔테 안경에 숏컷을 한 다현은 입안 가득 과자를 씹고 있었다. 작고 둥근 입이 마치 라디오 수신기처럼 느리게 떨렸다.

나는 기주와 황명희 사이의 대화를 들으며 기주의 불편한 감정이 여전히 이해되지 않았다. 저렇게 말을 주고받으며 호흡이 잘 맞는 두 사람이 왜 그렇게 엇갈렸던 걸까. 그날 회의 때, 기주의 작품은 황명희 안건과 겨뤄 단 한 표 차이로 선정됐다. 선정된 시나리오는 노이즈 캔슬링 이어폰을 끼고 다니는 청년의 이야기였다. 이상과 현실 사이를 부유하는 감각 장애자의 초상. 그것은 어쩌면 기주 자신의 투사였는지도 모른다. 그러나 나는 쉽게 단정할 수 없었다.

태경이 불쑥 묻는다.

"황명희 님, 고향이 서울이시죠?"

"네. 어제 우리 남산 갔을 때 봤던 언덕 위 2층 집요. 거기서 살았어요."

"'융합콘텐츠발전소'요? 제라늄이 많이 피어있더라고요."

"맞아요. 예전엔 저도 제라늄을 키웠죠. 지금은 그 집이 무슨 용도인지는 모르겠지만…… 우리 애한테 그런 일만 없었어도…… 아마 떠나지 않았을 거예요. 사람 일은 한 치 앞을 못 보죠."

"제가 괜한 말을 꺼냈네요. 그런데 어제 그 집, 뭔가 끌리는 게 있었어요. 알고 보니 이 일대 지리에 익숙하시더라고요."

"십 년쯤 전만 해도요. 뒷골목은 밤이면 귀신 나올 것 같았어요. 지금은 조형물도 설치하고, 완전 문화 골목이 됐지만요. 예전에 리모델링하던 학당 자리에서 기생 양산이 나왔다고 하더라고요. 나중에 알고 보니 거기가 권번이었대요."

"권번이요?"

"기생양성소죠. 일제강점기 때요. 다시 말해 예술인 양성소이기도 했죠. 교육을 받았대요."

"저, 거기 2층까지 올라가 봤어요. 안엔 도기가 진열돼 있었고, 위층은 서까래 지붕이 독특했어요. 바깥으로는 대나무가 바람에 흔들리고 있었고요. 테이블은 가운데 하나, 아주 넓었어요."

"가 보셨군요? 아주 오래전부터 이어져 내려온 공간이에요, 그 자리, 그 이전에는 성균관 가기 전에 거치는 유교 예비학교기도 했죠. 서까래와 대들보가 시간을 휘게 만들어서, 과거와 현재와 미래가 동시에 기입되

는 구조가 된 게 아닐까도 싶었죠. 공간은, 단순하지 않아요. 시간의 저
장소죠."

"그럼, 그 공간…… 직접 손보신 거예요?"

태경의 물음에 황명희는 조금 멈칫했다. 텀블러 뚜껑을 열고 한 모금, 아
니 두세 모금을 이어 마셨다. 안경 너머의 눈이 테이블 위로 흘렀고, 짧은
정적이 흘렀다. 당황한 태경이 어깨를 움찔하며 시선을 좌우로 돌렸다.

"촬영이 코앞인데, 슬슬 회의 시작하죠."

황명희가 먼저 말을 꺼냈다. 뒤이은 이야기는 "나중에 천천히요."라는
말로 덮였고, 그 '나중'은 멀지 않은 점심시간이었다. 조선시대 학당 자
리에서 몇 미터 떨어진 서브웨이. 샌드위치를 들고 앉은 테이블 위, 대
화는 다시 흘러나오기 시작했다.

"백 년 넘게 땅속에 묻혀있던 양산 하나에 얼마나 많은 이야기들이 들러
붙어 있었을까요."

태경은 살짝 들뜬 목소리로 말했다. 그 순간, 학당 앞을 지나던 내 발걸
음이 문득 가벼워졌다. 마치 조선시대의 시간을 걷는 듯한 기시감. 양
산, 말, 소리, 이미지. 어느 논문에 따르면, 말은 단순한 기호가 아닌 소
리와 의미의 양자적 얽힘이라고 했다. 태경의 성대를 지나 나온 단어 하
나하나가 내 안에서 화학반응을 일으켰다. 광물이 원적외선 에너지를
품듯, 말소리도 얽힘일 수 있다면, 그것은 단지 듣는 것이 아니라, 전이
되는 것이었다.

며칠 전, 자정을 넘긴 시각에 기주의 전화가 왔다. 왜 그 시간에, 왜 나에게. 기주를 알면 알수록 선명해지는 것은 '불확정성'이었다. 알다가도 모를 기류, 그리고 이상하게 황명희에 대해 더 알고 싶어졌다. 태경이 대화를 다시 이끌어냈다.

황명희는 광고업으로 큰 성공을 거두었던 인물이었다. 스티커를 떼던 을지로 골목의 인쇄소, 디자인과 광고 문안 작업을 전담하던 초창기, 그리고 직원 50명 규모의 회사를 일군 이야기. 노후 건물을 매입해 사옥을 건축하고, 그 주변 낡은 가옥들을 개조해 문화공간으로 탈바꿈시켰다. 코쿤이라는 이름의, 럭비공 모양의 공연장, 평행사변이라는 이름의 카페. 그 모든 건축적 실험과 예술적 감각이 명희의 것이었다.

그러나 한순간이었다. 인공수정으로 어렵사리 얻은 아들이 세상을 떠나고, 남편은 다른 여인과 새 삶을 꾸렸다. 명희의 모든 세계는 천천히, 그러나 무너졌다. 그즈음, 그녀는 어느 해안절벽 마을에서 대숲 소리를 들었다고 했다. 그녀는 그리고 많은 소리를 들었다. 쓰나미 속의 피아노 소리, 글 읽는 소리, 양산 쓴 기녀의 발걸음과 춤사위 소리.

'해안절벽 마을'이라는 말에 나는 깜짝 놀랐다. 내 머릿속 어딘가와 겹쳐진 풍경. 나는 우연의 일치일 거라고 자문자답했다. 그러나 그녀는 나직하게, 저물녘 낙조가 아름다운, 그리고 방파제에 파도가 계속해서 부딪히는 그 자그마한 해변의 이름을 말했다. 그리고 입가에 머문 쓸쓸한 미소. 나는 그 표정을 놓치지 않았다.

알게 모르게 그녀와 나는 얽혀있었다. 소환되고 중첩되는 기억들. 버스에 두고 내린 우산처럼 바다에 두고 온, 또는 잃어버린 것들. 도무지 반길 수 없는, 우산의 비의悲意.

채영의 아버지를 처음 본 건 그 방파제에서였다. 그는 마치 하나의 소실점처럼, 바다를 향해 등을 돌리고 서 있었다. 부서지는 파도는 그의 가슴 앞에서 하얗게 사라졌고, 나는 그 넓은 등판이 품고 있는 깊이를 가늠할 수 없었다.

사실 채영과 다시 연락이 닿기 전까지는, 내 일상은 반복적이고 평탄했다. 가끔 꿈에서 흩어진 기억의 조각들이 떠올랐지만, 깨고 나면 잊혔다. 깊은숨을 내쉬고 가슴께를 쓸어내리면 그만이었다. 하지만 요 며칠, 나는 잠들지 못했다. 열이 몸을 달궜고, 눈은 흐리멍덩했다. 욕실 거울에 비친 얼굴은 내가 알던 내가 아니었다. 검붉은 피부, 희미한 생기, 낯선 이목구비. 나는 얼굴을 이리저리 늘려보았다. 광대를 잡고 당기며, 입꼬리를 흔들며. 거울 속의 피에로가 나를 응시했다. 눈이 아니라, 동공 너머의 망막과 시신경까지 꿰뚫는 시선.

바로 그때, 내 안에서 어떤 음성이 터져 나왔다. 괴성과도 같은 공포스러운 속삭임. 아주 깊은 곳에서 전해지는, 그리고 누구도 흉내 낼 수 없는 파동. 들숨과 날숨 사이에서 그 소리는 늘어났다가 수축했다. 약 7초간 지속된 끝에, 나는 내 표정에 깃든 기묘한 기쁨을 느꼈다. 무척 낯선 대면이었기 때문이다.

우리 집에 왜 왔니 왜 왔니 왜 왔니
꽃 찾으러 왔단다 왔단다 왔단다

아직 끝나지 않은 '소리 한 덩이'가 귀를 감돌았다. 그 노래의 '꽃' 자리
엔 무수한 꽃들이 들어갈 수 있었다. 맨드라미, 장미, 목련, 채송화, 제
라늄……. 나는 꽃 이름을 중얼거리다 멈췄다. 꽃은 많았지만, 내가 기
억하는 꽃 이름은 그리 많지 않았다. 하지만 분명한 것이 하나 있었다.
'꽃' 자리에는 언제나 새로운 이름이 다시 불릴 수 있다는 것. '그것'은
계속해서 호출되고 있었다.

그러다 문득 깨달았다. 나는 조용한 곳을 찾는 게 아니었다. 내 걸음은
늘, 소리가 가득한 곳으로 나아가곤 했다. 이번에는 재래시장이었다. 없
는 것 빼곤 다 있다는 곳, 특히 명절 대목장의 골목은 발 디딜 틈 없이
빽빽했다. 깐마늘을 팔며 쪼그리고 앉은 할머니, 외치는 호객꾼, 과일
채소, 김 굽는 기계 소리, 통닭 튀김, 생선, 젓갈, 순댓국, 갓 구운 빵, 떡
싸는 비닐 소리, 가마솥 뚜껑 열리는 증기음, 그리고 수족관 속 지느러
미의 부딪힘 소리까지.

나는 수족관 앞에 멈춰 섰다. 한 마리 방어가 거기 있었다. 어마어마하
게 큰 물고기. 그 생명체는 52Hz 고래를 떠올리게 했다. 세상에서 가장
외로운 고래. 물론 그것도 '고래로 추정'된 존재였다. 실제로 그 실루엣

조차 목격된 적 없다고 한다. 다른 고래들은 12Hz에서 25Hz 사이에서 소통하지만, 이 고래는 홀로 52Hz로 울부짖는다. 다른 누구에게도 닿지 않는 주파수. 나는 그 '소통 불가'라는 타이틀이 오히려 마음에 들었다. 대체 어떻게 생긴 존재이기에, 그 주파수를 타고 홀로 떠도는 걸까.

그리고 쿵. 북이 찢어지는 듯한 소리. 정수리로 수증기 같은 무언가가 피어올랐던, 나의 오래된 체험이 떠올랐다. 그것 역시 60Hz로 가까웠는데, 어떤 파장이 몸을 쪼개듯 진입했던 그 순간, 그것은 소통의 단절이 아니라, 균열이었다. 나는 이마가 수족관 유리에 닿은 줄도 모른 채, 물고기들의 유영을 넋 놓고 지켜봤다.

그때, 횟집 사내가 광어 한 마리를 건져 올렸다. 뜰채 속에서 몸부림치던 생선은 잠시 뒤 납작하게 몸을 눕혔다. 팔뚝에 불끈 솟은 힘줄, 휘두르는 손, 머리를 내려치는 소리. 곧 배가 갈리고, 내장이 쏟아져 나왔다. 그 도마 위는 말 그대로의 현실, 해체되고 해부되는 삶의 단면이었다.

그곳에서 나는 냄새와 소리를 단순히 '느끼지' 않았다. 분석했다. 재구성했다. 그 장면은 내 머릿속에 소리로 저장되었다. 그리고 그 소리는 영상으로 바뀌었다. 족발과 순대가 진열된 옆 가게의 소리도 변했다. 파형의 진동이 달라졌다. 그 근처에 식물이 있지 않았을까? 다음 날 다시 확인하러 갔다. 상추, 깻잎, 방울토마토, 샐러리, 허브가 놓인 코너. 나는 소리로 대상을 분류했고, 소리로 공간을 읽었다.

시장 전체가 내게는 거대한 음향지도였다. 소리로 그려낸 지도. 하지만 나는 그 안에서 길을 잃었고, 그 모든 음의 미세한 틈을 따라 내 감각을 전이했다. 마치 나라는 존재가 소리의 리듬 속에 해체되어 퍼지는 듯했다.

*

벙커에는 진수 형만 있었다. 지하 4층 주차장보다도 더 깊숙이, 계단을 내려가고 또 내려가야 닿을 수 있는 공간. 오십 평 남짓한 음향실은 사방이 두텁고 단단하게 밀폐되어 있었다. 세상의 소음을 밀폐낸 그 자리는 오직 소리만이 존재할 수 있는 장소였다.

처음 면접을 보러 왔던 날, 지상에서 진수 형이 날 마중 나왔던 걸 떠올린다. 그때 나는 뭔가 이상하다고 느꼈다. 지하 2층까지 엘리베이터로 내려간 다음 또다시 계단으로 두 층을 걸어 내려가자 주차된 차들이 빽빽이 들어찬 공간이 나왔다. 그 차 사이를 지나 8개의 계단을 다시 밟고 나서야 비로소 사무실 문이 모습을 드러냈다. 이게 어떻게 건축 심의와 허가를 통과했는지 궁금할 지경이었다. 국회의사당이 인근에 있어서일까? 어쩌면 옛날에는 가능한 일이었을지 모른다. '벙커'라는 이름에 누구도 의문을 제기하지 않는 데는 그럴 만한 이유가 있었다.

며칠 전, 진수 형이랑 고물상에서 주워 온 물건 몇 개가 벙커 구석에 모여있었다. 내게 인사를 건네는 이항분포 실험기와 마주하며, '계획된 우연에 의한 필연'이란 감각을 다시 떠올렸다. 그것은 기분 좋은 물리적

전이였다. 잠시 눈을 감았다 뜨며, 속으로 일곱까지 세는 것으로 내 인사를 대신했다. 그리고 그 옆의 처음 보는 사물 하나. 스테인리스 통이었고, 젖소 원유를 짜는 장비를 연상시켰다. 통에서는 익숙하면서도 어딘지 생경한 향기가 피어올랐다. 흔한 방향제와는 결이 다른, 싱그럽고 달콤하면서도, 어딘가 먼 기억을 건드리는 냄새였다. 가물가물하게 익숙한 느낌이 들었지만, 정작 이름은 떠오르지 않았다.

답답한 마음에 나는 허리를 굽히고 호스를 들어 올려봤다. 통을 빙 돌며 냄새의 출처를 더듬는 사이, 녹음실 안에서 진수 형이 나왔다. "이게 뭐야?" 나는 웃으며 인사 대신 물었다.

"그거, 안락사시킬 때 쓰는 장비야."

"어우, 이거 좀……. 혹시 여기 투명한 고무호스에서 가스라도?"

내가 정색하며 손사래를 치자, 형은 가까이 다가와 안전하다는 듯 장치를 매만졌다.

"농담이야. 이거 희한하게 생겼지? 궁수자리 B2 가스 구름 생성기야."

"형, 계속 장난치지 말고. 무슨 냄새가 나던데, 이거."

"진짜라니까. 럼주에 라즈베리 한 꼬집."

"라즈베리?"

그 말에 형은 웃으며 끄덕였다.

"믿기 어렵지? 분자 구름을 헤엄치며 라즈베리 럼 한 잔……. 우주에서 술 취하면 어떤 기분일까?"

형은 마치 라즈베리 럼을 혼자 음미하듯, 눈을 감았다 떴다. 콧등을 따라 숨을 흘리며 환하게 웃고 있었다. 그때였다.

내 기억 저편, 어딘가에 묻혀있던 이미지 하나가 떠올랐다. 밤에도 챙 넓은 모자를 쓰고 천문대에서 시를 읊던 여인. 그녀는 이 향기를 가리켜 이렇게 말했다.

"우주의 향기……."

"그래. 천문학자들이 '궁수자리 B2'에서 포착한 분자가 있어. 포름산에틸. 라즈베리와 럼주의 향을 내는 분자야."

"언제 발견한 건데?"

"2009년."

나는 기억을 더듬었다. 채영과 천문대에 갔던 해는 그러니까 2011년 가을이었다. 목성과 토성을 보며 들떠 있던 나, 조그만 관측창을 들여다보던 그녀의 옆모습. 그리고 그 밤의 향. 분명 그녀는 말했다. '우주의 향기'라고.

라즈베리 향은 조향사라면 얼마든지 조합할 수 있는 향기지만, 별을 관측하는 이들 사이에선 그 무렵 제법 회자된 주제였을지도 모른다. 하지만 그때 나는 목성과 토성이, 그리고 채영이 내뿜는 진동에 사로잡혀, 그 밖의 정보나 냄새엔 집중하지 못하고 있었다.

하지만 지금은 다르다. 기억이 향기와 함께 되살아난다. '우주의 향기'라고 말하던, 밤하늘을 가리키던, 챙 넓은 모자의 여인. 그 여인의 실루엣이 스치듯 눈앞에 어른거렸다.

"근데 이거…… 어떻게 만든 거야?"

나는 형에게 다가서며 채근하듯 물었다.

"글쎄, 내가 만든 건 아니고…… 넌 곧 만나게 될 거야."

그는 슬쩍 웃으며 스테인리스 통을 벽 쪽으로 밀었다.

"이번에 음향 제작 우리 벙커에서 하기로 했거든. 너 그날 꼭 와서 도와야 해."

"당연하지, 형!"

"우주에서 술에 취한다…… 상상만 해도 멋지지 않냐?"

형이 혼잣말처럼 중얼거리다 말고 갑자기 내게 눈을 돌렸다.

"아, 맞다. 궁수자리 얘기가 나와서 말인데. 72초짜리 전파 시그널 기록도 있더라. 혹시 외계인이 SOS 보낸 건 아닐까?"

"뭐라고?"

나는 귀를 기울였다.

"평소 우주의 노이즈와 전혀 다른 패턴이 잡힌 거지. 위치는 궁수자리. 처음엔 돌고래 언어를 연구하던 학자들이 시작한 프로젝트였대. 그러다 천문학자들이 본격 가세한 거지."

형은 음향장비 옆 의자에 기대며 말을 이었다.

"그 시그널은 미국 오하이오주의 '빅 이어Big Ear'라는 대형 전파 망원경에서 잡힌 거야. 네 나이랑 비슷한 시기일걸?"

"빅 이어?"

"응. 말 그대로 '큰 귀'. 호영 너도 큰 귀잖아, 소리 기막히게 듣는 귀."

형은 장난처럼 말했지만, 나는 묘하게 그 말이 내게 닿았다. 마치 내 청각이 다른 세계와 연결된 통로라도 되는 듯한 느낌.

"나도 TV에서 본 적 있어. 쿵, 쿵…… 우주인이 들었다는 소리. 조사해 봐도, 기계 결함이나 다른 문제도 아니었다는 거야. 사람들 말로는 표정이 얼어붙었대. 진짜 뭔가 들은 거 아닐까?"

나는 화면 속 우주인의 굳은 얼굴을 떠올렸다.

"천문학자들은 말이지, 절대 단정 짓지 않아. 최대한 자연 현상으로 설명하려 해. 혜성의 궤적을 추적하는 것처럼 말이야. 가령 수소 구름 근처에서 감마선이 토해졌을 수도 있고, 구름에 반사된 파장이 전파처럼 나타난 걸 수도 있다고 말이야."

형의 말은 진지했다. 하지만 나는 그 속에서 확신의 회피를 감지했다. 과학이 스스로를 지키기 위해 사용하는 언어. 그 순간 형이 문득 내 얼굴을 쳐다봤다. 말이 뚝 끊겼다. 무언가 갑자기 떠오른 듯 그의 표정이 바뀌었다.

"아, 맞다. 방송국에 넘겨야 할 작업, 망했네. 아직 손도 대지 않은 거나 마찬가지야."

형은 이마를 짚으며 자리에서 일어났다. 진수 형은 녹음실로 들어가 헤드셋을 쓰고 폴리 작업에 몰입했다. '폴리Foley'란 원래 사람 이름에서 유래된 말이지만, 지금은 사람이 만들어 낼 수 있는 모든 소리를 뜻한다.

형은 50~60년대 흑백영화에 더빙(ADR)을 입히는 일을 한다. 가까이서 지켜본 나조차 폴리 사운드만으로는 진짜와 가짜의 경계를 분간하기 어려웠다. 사람들이 '진짜'라고 느끼는 대부분의 영화 속 소리는, 실은 도구로 만든 정교한 위장이다. 그러나 이상한 일이었다. 일단 진짜라고 믿게 되는 순간, 가짜는 진짜로 작동했다. 경계는 무너졌고, 의미는 그 사이로 사라졌다.

나는 바닥에 널브러진 XLR 케이블을 정리했다. 스튜디오 곳곳엔 스피커, 드럼, 키보드, 바이올린, 조명기구, 금속 튜브, 고운 모래, 내가 알지 못하는 장비들과 전기·전자 기기들이 복잡하게 얽혀있었다. 그 안에서 기하학적 진동 패턴과 주파수를 시각화하는 실험이 이루어지고 있었다. 평범한 사람들도 그 소리가 만든 무늬를 보면 감탄했다. 문득 예전에 봤던 SK 이노베이션 광고가 떠올랐다. 그것 역시 보이지 않지만, 형상을 지닌다.

얼마 전, 진수 형은 백남준아트센터로부터 '백남준 탄생 90주년' 기념 전시의 다채널 사운드 작품을 의뢰를 맡았다. 시각 정보 없이 오로지 소리만으로 감각을 일으키는 작업이었다. 백남준이 관객들에게 자신의 비디오를 30분 이상 볼 것을 요구했듯이, 이 사운드 작품의 관객들도 의무적으로 일정 시간 이상 소리를 들어야 했다.

전시장의 분위기는 다소 이질적이었다. 사람들은 푹신한 1인용 소파에 기대거나 바닥에 드러누워, 눈을 감고 소리를 '느꼈다'. 타이틀은 다소 난해했다. 〈끝없이 감기고 풀리는 소리〉. 간단히 얘기하면 '소리는 움직임이다' 정도가 될까. 내용은 평범했다. 버스에서 내려 걷는 동안 녹음되었을 법한 소리들. 녹음자의 발소리, 타인의 발소리, 차 지나가는 소리, 상점에서 흘러나오는 음악, 낙엽이 밟히는, 또는 나무 이파리가 흔들리는 소리. 세상의 무수한 잡음들이 연결되고 반복되며 흐른다.

시동이 걸린다. 엔진의 진동. 더욱 크게, 더 크게,

바퀴가 지면을 긁고 지나갈 때마다 고조되는 파열음.

그리고,

질주의 굉음.

궤적은 공간을 가르며 사라지고, 질감만 고스란히 남는다. 그래서 나는 그것이 청각이 기억과 감정을 호출하는 방식에 대한 실험이라고 생각했다.

진수 형이 사운드 아티스트가 된 데에는 그만한 이유가 있었다. 고등학교 때까지 그는 대구 공항 근처에서 살았다. 비행기가 뜨면 '떴네', 전투기가 지나가면 '행사 있나 보네' 하고 넘겼다. 하지만 서울에서 대학을 다니고 3개월 만에 고향에 내려갔을 때, 그는 비행기 소음이 너무 커서 엄마와 대화조차 힘들었다. 그는 말했다.

"소리도 자라온 환경이 만들어. 눈뿐 아니라 귀도 그렇다니까."

나의 경우와는 결이 달랐다. 한참 뒤, 형이 다 녹은 아이스커피를 들고 나와 드럼 앞에 앉았다. 메트로놈 150에 맞춰 8비트와 16비트를 넘나들며 킥, 스네어, 미들 로우 탐탐, 하이헷, 크래쉬 심벌을 자유롭게 오갔다. 1비트에 6데시벨 기준으로 계산하면 48과 96데시벨, 꽤 높은 가청 값이었다. 나는 눈을 감고 양미간을 찡그렸다. 형이 심벌을 손으로 잡았다. 울림이 갑자기 멈춰지는 사이로 형이 내게 물었다.

"두세 살 아기들이 음악에 맞춰 몸 흔드는 이유가 뭔지 알아?"

"특정 주파수에 반응하니까요. 본능적이죠."

"그래, 맞아. 그래서 이번에 여러 음악적 실험을 하려 해. 넌 진행 보조니까, 미팅에도 참여해."

"네. 그래야죠."

형은 커피를 홀짝이며 말을 이었다.

"모차르트, 바흐, 쇼팽. 그들은 432헤르츠가 자연의 소리라는 걸 수학적으로 알고 있었어. 528헤르츠는 몸과 정신, 영혼을 치유하는 천상의 진동이고, 396헤르츠는 죄책감과 두려움을 씻어주는 음이야."

"440은요?"

"440헤르츠는 감정과 창의성을 억제하는 비자연적 주파수지."

"사람의 감정은 주변에도 영향을 미치는 거군요."

"그래서 '우리 몸과 공명하는 주파수'가 중요해. 그게 바로 미의 창조야."

맹물 같은 커피를 홀짝거리며 마시는 상대 앞에서, 나는 '미의 창조'라는 말을 곱씹었다. 그것은 내 감각으로는 잡을 수 없는 추상이었다. 몸과 진동, 감정과 패턴의 관계. 그 1초의 주파수 곡선은 어떻게 아름다움을 결정할 수 있을까? 정리되지 않는 개념에 내 마음은 자꾸 조여들었다.

거리로 나오자, 코로나가 언제였는지 싶게 사람들로 북적였다. 금융과 IT 기업이 밀집된 지역.

옥탑 LED 광고판이 요란하게 움직인다. 에어팟 광고였다. 수많은 픽셀들이 하늘로 부상하다가, 에어팟을 '터치'하는 순간, 도시가 통째로 곤두박질친다. 전동 드릴 소리가 들리고, 다시 터치.

모든 소음이 사라지고 텅 빈 거리, 무음의 세계가 펼쳐진다. 검은 배경에 문구 하나가 떠오른다.

"최대 2배 강력해진 노이즈 캔슬링".

기주가 떠올랐다. 에어팟을 꽂은 채 늘 무언가에 몰두하던 모습. 저만치서 배달 바이크의 머플러 소리가 요란하게 들려왔다. 그 소리의 높낮이가 어느 흑백영화 속 장면처럼 겹쳐졌다. 여전히 제목도 모르는 드레이어 단편. 나는 바이크 소리가 들릴 때마다 7초 단위로 고저를 분석하고, 허공에 마디를 그려 넣었다. 영화의 서사에 소리가 어우러졌던 방식이 아직도 미련을 자아냈다. 걷다가 한 사람이 내 어깨를 툭 치고 지나간다. "아! 진짜 이 사람이, 대체 뭘 보고……."라며 적반하장으로 짜증을 낸다. 남자의 귀에는 노이즈 캔슬링 에어팟이 꽂혀있다. 곧이어 남자는 머리를 긁적이며 뒤돌아 걸어갔다.

무엇보다 영화 초반의 북소리를 상기하던 바로 그때, 자동차 전시장 유리창 너머 주황빛 네온 글씨가 내 시선을 사로잡았다.

"우주의 비밀을 알고 싶다면 에너지, 주파수, 진동에 관해 생각하라."
니콜라 테슬라

우연일 수 없었다.

제3의 눈

배우의 도착까지는 아직 한 시간이 남아있었다. 커피를 손에 든 이들이 테이블 주변에 삼삼오오 둘러앉았다. 회의는 태경이 가방에서 과일이 담긴 밀폐 용기를 꺼낸 뒤부터 본격적으로 시작되었다. 기주와 다현은 애초부터 연출에 욕심이 있었지만, 실제 책임 연출은 태경 중심으로 돌아갔다. 활달한 성격은 확실히 강점이었다.

"신2 로케이션 헌팅 두 번씩이나 하시고. 가보시니까 어때요?"

태경이 황명희와 내 쪽을 번갈아보며 물었다.

"오전 11시쯤이 빛이 가장 좋은 것 같아요. 처음 오후에 갔을 땐 골목이 좁고 그림자 때문에 배우 얼굴이 가리더라고요. 스마트폰으로 원테이크 돌려봤어요."

황명희가 나를 바라보며 말했다. 나는 고개를 두 번 끄덕였다. 수정본 시나리오를 펼치려는 태경에게 기주가 질문을 던졌다.

"신2 수정본에서, 호일 역할 배우 달리인(Dolly In. 카메라를 피사체로 접근시키는 촬영기술) 해서 들어가는 장면 있죠?"

"네."

"독백 대사는 어떻게 녹음하실 생각이에요?"

"글쎄요, 아직은……."

"근처에 마이크 있어야 하지 않을까요? 배우 말소리 녹음되려면."

"풀샷에서 달리인하니까, 외 화면에서 잡으면 안 들어가지 않을까요?"

"인물과 밀착해서 들고 있어야 할 것 같은데요."

"인서트 샷에서 동시 녹음하는 건 어때요?"

"그러려면 스탭 따로 붙여야겠네요."

"저희 글 콘티엔 4컷인데, 그림 콘티는 5컷이에요. 확인 한 번만 부탁드릴게요."

기주와 태경은 거의 동시에 커피를 들었다. 나는 조용히 수정본 대사와 지문을 훑었다. 신4 촬영은 여전히 막막했다. 차량 통제, 통행인 문제, 그리고 햇빛. 무엇보다 아이폰 인서트 위로 겹쳐질 그림자와 틸트업으로 잡아야 할 봉선 역의 실루엣, 노출 조정 문제까지 감안하면 간단치 않았다.

"그림자 지면 호일 고개 올리는 거 따로 따죠."

태경이 간결하게 정리했다.

"노출 달리해서 따로 실루엣 찍는 걸로."

그는 커피를 한 모금 마시고 말을 이었다.

"연출이 '레디' 하면, 카메라 녹화 누르고 '롤' 해주시고, 스크립터가 '슬레이트' 외쳐주시고 빠지면 연출이 '액션' 하는 걸로 가요. 보조배터리는 다현 님이 준비하기로 했죠?"

"보조배터리 1만 밀리암페어면 아이폰 3∼4번은 충전돼요."

다현은 작고 낮게 말했다. 그녀는 평소 말수가 적지만 필요한 순간엔 논리적으로 전달한다. 단합대회 날, 그녀는 힘들더라도 꼭 연출을 하고 싶다며 강하게 의지를 내비쳤었다.

"네, 좋아요."

태경이 짧게 답했다.

"아침식사는 뭐가 좋을까요? 예산 안에서요."

"싸이버거 세트가 적당하겠네요." 기주가 응수했다.

남자 배우의 출연료는 5만 원, 마지막 신의 여자 배우는 3만 원으로 책정돼 있었다. 배우 도착 시간에 맞춰 태경이 마중을 나가고, 기주는 미리 주문한 햄버거를 가지러 뒤따라 나갔다.

어젯밤 늦게 돌아와 깊은 잠을 이루지 못한 탓일까. 몸이 무거웠다. 나는 유리블록 문턱을 멍하니 바라보며 호흡을 가다듬었다. 아침햇살이 문턱을 타고 천천히 그림자를 밀어내고 있었다. 희끄무레한 광선 속에 식물과 옹기의 형태가 서서히 번진다. 항아리가 호흡한다. 불룩했다가 가라앉고, 다시 부풀다 줄어들며 공기가 회전했다. 생각, 공기, 사람, 돌멩이조차 각자의 진동을 품는다. 정지해 있는 듯 보이지만, 아주 미세한 떨림이 그 안에서 이어졌다.

그때, 얼비친 길고양이. 낮게 야옹 울며 느린 발걸음으로 배회했다. 남산 방부목 계단 아래에 있던 그 고양이 같았다. 발바닥이 바닥에 닿을 때마다 감지되는 작은 리듬. 그 소리가 나를 다시 어젯밤으로 데려갔다. 복도 끝에서 들려오던 발소리, 당구공 부딪는 소리, 피복 벗겨지는 구리선의 찰나음까지. 머릿속 신경들이 아우성을 쳤다.

403호 소실점 남자의 부재 속에서도 나는 여전히 노을을 펑계로 구름다리를 향해 걷곤 했다. "힘내요! 어깨 딱 세우고." 그의 음성이, 아직 어딘가 고여있었다. 고양이가 또다시 울자 황명희가 조용히 자리에서 일어나 문 가까이 다가갔다. "돌거울에서 울던 고양이, 너니?" 그녀가 문을 열었다. 순간, 부풀었던 옹기는 제 모습으로 돌아갔다. 유리블록은 여전히 투명한 듯 불투명하게, 무언가를 감추고 있었다.

아침 9시에 시작된 촬영은 오후 5시가 넘어서야 끝이 났다. 영화란 게 이토록 육체적으로 고된 작업이라는 걸, 그날에서야 실감했다. 시간이 흐를수록 배우와 스탭들의 집중력은 떨어지고, 체력은 바닥을 쳤다. 테이크를 계속 가다 보니 쉴 수가 없었다. 기술적 문제도 속속 드러났다.

신1에서는 카메라가 A/E로 맞춰져 색감이 장면 안에서 완전히 분열되었다. 편집에서 생길 문제는 자명했다. 신4의 경우 역광 촬영은 이중의 실패였다. 배우 얼굴을 잡으면 배경이 날아가고, 배경을 살리면 배우는 그림자 속에 잠겼다. 빛과 싸우는 일이 결국 영화라는 말을 실감했다. 녹음도 수월치 않았다. 공사장 소음과 어디선가 틀어놓은 노랫소리가 배경음을 덮었다. 아이패드와 휴대폰을 번갈아가며 연결했지만, 앵글 속에 장비를 숨기느라 이만저만 고생이 아니었다. 신1의 롱테이크에는 핀 마이크가 절실했고, 신4는 붐 마이크가 있었더라면 훨씬 나았을 것이라는 생각이 나중에서야 들었다. 통제 불가능한 장소는 헌팅 단계에서 애초에 배제하는 편이 좋았다.

모두 지쳐있었지만, 실습이 끝난 후 회의는 오히려 날카로웠다. 기주는 컷 별 시간 계산이 부족했다고 지적했고, 태경도 테이크가 너무 길었다고 수긍했다. 짧은 컷 편집으로 지루함을 줄이자는 제안이 자연스럽게 이어졌다. 책임 촬영 황명희는 "빛 조절이 어려울 땐 광각을 피해야 해요. 보여주는 정보가 많고 초점이 다 맞으면 관객의 집중이 흐트러지죠"라고 덧붙였다.

나는 인물을 따라 움직이는 카메라가 아무 맥락 없이 배치되면 산만해 보일 수 있다고 말했다. 그때 기주의 말이 깊게 박혔다. "서사적 동기 없는 카메라 무브먼트는 오히려 관객을 방해해요. 사실적으로 보이는 게 중요한 영화에서, 이유 없이 움직이는 카메라는 혼란이죠." 그의 말은 마치 '제3의 눈' 같았다.

다현의 결론은 명료했다. "렌즈의 시선이 중요해요. 애매하게 보여주면 관객은 몰라요. 아예 과감하게! 광고판과 로고는 거대하게, 인물은 작게. 그래야 개인이 왜소해지죠." 그녀의 표정은 단호했다.

촬영을 마친 미디어 허브, 가장 마지막까지 남은 건 황명희와 나였다. 그녀는 편집까지 마치면 바닷가 집으로 내려가 쉬고 싶다고 했다. 오래 비워둔 자신의 집, 오래 신세 진 이모네 집 이야기. 나는 팀원이 많지 않기도 하고, 그녀가 빠지면 2차 실습이 어렵겠다는 생각을 했지만, 그녀는 이미 마음을 정한 것 같았다.

약속이 있으니 먼저 가라고 말한 건 지하철역 출구가 가까워질 즈음이었다. 러시아에서 돌아온 지인을 귀가하기 전에 만난다고 했다. 순간적으로 '채영?'이란 이름이 스치긴 했지만, 내 손목에 찬 순록뿔 팔찌만이 실감 나게 닿았다. 나는 극장에 들렀다. 요아킴 트리에의 영화를 보기로 마음 정하고 〈사랑할 땐 누구나 최악이 된다〉의 시작까지 30분 남짓 기다렸다.

영화 제목을 반복하며 입속으로 굴렀다. "그래, 누구나 사랑할 땐 최악이 되지." 율리에. 서른을 앞둔 그녀는 불안정했고, 자유롭게 사랑했으며, 헤어졌고, 또 최악의 사랑을 시작한다. 하지만 사랑이란 결국, 그녀가 자신을 더 잘 알게 되는 여정이었다.

채영. 서른 즈음의 그녀는 어떤 얼굴을 하고 있을까. 영화 속 율리에처럼, 호기심 많고 즉흥적인 그녀는 자신이 좋아하는 일이면 뭐든 끝을 봤고, 새로운 일에 적응하는 데 거리낌이 없었다. 나보다 두 살 많았고, 그 나이 차는 내가 그녀에게 자꾸 끌려가는 이유이기도 했다.

*

연락하겠다는 약속에서 이틀이 더 지나 있었다. 어쩌면 놀랄 일도 아니었다. 11년 전에도 말없이 떠났던 사람이니까. 사람을 잃고, 결국 그 자리는 다른 사람이 메운다. 사랑이 오면 사랑하고, 떠나면 떠난 대로 살아간다. 잠이 오지 않고, 정 배고프면 라면을 끓이면 될 일이었다. 물을 올리고, 그 앞에 앉아 딴생각에 빠지다 보면 물은 졸아들었고, 다시 물을 부었다. 수증기 위로 그녀의 얼굴이 떠오르곤 했다. 라면 물의 비율을 맞추는 것은 나의 정신 상태를 측정하는 데도 도움이 됐다.

그리고 그날도 일어나 나는 라면을 끓였다. 다 먹고 난 후 누워서 녹음이나 풀 생각에 스마트폰을 무심코 들여다보았다. 선우채영. 그 이름과 번호가 화면 위로 번쩍 떠올랐다. 동시에 내 눈도 커졌다. 기습처럼 다가온 이름. 나는 바로 받지 못했다.

"응, 나야."

"너무 늦었지? 이 시간에 전화해서 미안해."

"아냐. 괜찮아. 집인데 뭐."

"무슨 말부터 꺼내야 할지 모르겠네."

"그러게. 나도."

"할아버지 돌아가셨다며……."

"응. 어떻게 알았어?"

"우리 할아버지한테 들었지."

"그랬구나."

"언제 보는 게 좋겠어?"

"글쎄, 알바도 해야 하고, 사십구재도 곧이라……."

"그럼 시골에서 볼까? 나도 할아버지 찾아뵙고 싶어."

"편한 대로 해."

"정확히 그날이 언제야?"

"다음 주 일요일. 하루 일찍 가서 짐 정리할 거야."

"주말이네, 잘 됐다. 토요일 오후에 갈게."

"서너 시쯤 오면 좋겠다. 언제 귀국했어?"

"만나서 얘기하자."

채영은 여전했다. 당장 말하고 싶지 않은 건 말하지 않았다. 그런데 이상했다. 이 통화가 어제도, 그제도 했던 대화처럼 자연스러웠다. 11년이라는 시간이 1분 1초, 아니 1.1초처럼 축약되어 머릿속에 압축된 이미지처럼 겹쳐졌다. 수화기 너머로 자동차 경적이 요란하게 들렸고, 방금 오토바이 하나가 스치듯 내달린 듯한 소리가 섞여 들렸다. 그 소리 뒤로 무거운 침묵이 가라앉았다. 채영은 "곧 보자"는 말을 남기고 전화를 먼저 끊었다. 나는 한참 동안 핸드폰을 들고 얼떨떨하게 있었다. 그녀는 언제나 그렇다. 아무리 잡으려 해도, 잡히지 않는 존재.

어릴 적, 또래 아이들과 다투다 채영이 나서서 싸움을 말렸던 일이 있었다. 그날 이후 나는 철저히 외톨이가 됐다. 아이들은 '코에 귀신 들렸다'며 나를 놀렸다. 코를 잡고 빙빙 돌고도 어지럼증 하나 없는 내 모습을 보고 그런 말을 했던 거다. 코가 아니라 귀 때문이라고 말하고 싶었지만, 말해봤자 소용없다는 걸 나는 이미 알고 있었다. 체념으로 얼룩진 내 안으로 손을 내민 사람, 그가 바로 채영이었다.

그녀와 아직도 관계를 이어가고 있다는 사실이, 믿기지 않을 때가 있다. 끝없이 감기고 풀리는 실타래처럼, 우리는 하나의 실로 엮인 존재 같았다. 나는 다시 의식적으로 손을 뻗었다.

녹음 파일, '분식 1'을 재생한다. 기주와 갔던 분식집에서 담은 소리다. 초입부, 마치 뱀이 지나가는 듯한 마찰음. 그 위로 누군가의 재채기 소리가 끼어든다. 파동은 순식간에 튀어 오르고, 가라앉는다. 소리는 잠시 정적을 유지하다가 사라진다. 단 1초 사이에 일어난 일이다.

1초, 2초, 3초, 나는 숫자를 세며 액정을 바라본다. 하지만 정리되는 것은 아무것도 없이 흐뜨러진다. 당연하다. "3G15." 뇌 속 신경다발 전체가 한쪽으로 쏠린다. 팔찌. 내 손은 어느새 손목에 감긴 순록뿔 팔찌를 더듬고 있다. 손끝의 감각이 살아났다. 이질적이던 그 음각이, 마치 암호처럼 느껴지던 그것이 지금은 지문으로 말한다.

나는 그것을 알아챘다. 지구는 한 방향으로 돌며 휘청거리는 팽이와 닮았다. 언젠가는 쓰러질 것이다. 채영과 보낸 그 밤이 그랬다. 나는 몸을 웅크린 채 시계 방향으로 기운 모양으로 누워 있었다. 그때의 나는 지구별처럼 푸르면서도, 가장 짧은 절멸의 색, 보랏빛을 띠고 있었던 것 같다.

*

다락에 쌓인 할아버지의 짐은 버릴수록 더 많아졌다. 조립식 TV 거치대, 공기 주입식 의자, 날개 없는 선풍기, 부러진 턴테이블까지 하나하나 끌어냈다. 그것들을 바깥으로 내놓는 데만도 한 시간이 훌쩍 넘게 걸렸다. 구석엔 찢어진 여행 가방이 처박혀 있었다. 낚시 미끼, 바람 빠진 테니스 공, 굽은 커튼 봉, 색 바랜 한지 뭉치, 삿갓 쓴 증조, 고조부의 사진들.

마치 시간들이 물건으로 변해 있는 것 같았다. 현재에는 무의미한 기억들. 쓸모는 없지만, 버리지 못한 것들. 할아버지는 왜 이토록 많은 잡동사니를 모아 두었던 걸까?

그중에서도 유독 눈에 밟히는 나무 궤짝 하나. 사과 상자만 한 크기였다. 나는 목장갑을 낀 채 조심스레 먼지를 털고, 빗장을 만져 보았다. 물고기 모양의 자물쇠.

비늘의 음영이 현실보다 더 선명했다. 마치 공중에서 숨을 쉬듯, 그것은 허공을 유영하고 있었다. 상자 안에는 오래된 카메라 몇 대가 고요히 놓여있었다. 할아버지는, 무엇을 찍으려 했을까? 라이카 M, 그리고 1930년대 콘탁스 제품들. 그리고, 세로로 글씨가 적힌 옛 땅문서. 밀짚모자를 쓰고 포도밭에서 일하던 할아버지의 뒷모습이 순간 어른거렸다.

하지만, 끝내 보지 말았어야 했던 사진. 서류 더미에서 반쯤 삐져나온 한 장의 사진이 나를 향해 웃고 있었다. 내 몸은 그대로 소금기둥처럼 굳었다.

403호 사내의 사진. 딱 불탄 자국만큼 숨겨졌던 그 사진. 왼쪽 가슴에 붉은 금장의 훈장, 안경, 표정, 모든 것이 정확하게 일치했다. 심장이 요동쳤다. 나는 두 손으로 얼굴을 감싸고 머리를 세차게 흔들었다. 눈물이 터졌다. 다락의 형광등을 끄고, 나는 몸을 접었다.

그 순간, 두세 배 증폭된 소리들을 온몸으로 빨아들이는 것도 나였고, 그 소리가 잦아지기를 기다리는 것도 나였다. 모든 것이 엉망이었다.

403호 화재의 원인은 과열된 전기매트였다. 스프링클러가 작동해 불길은 빠르게 잡혔지만, 잿내는 오랫동안 가라앉지 않았다. 전기매트 끝은 바싹 오그라들고, 콘센트에서 번진 불꽃은 벽지에 흔적을 남겨두었다. 물은 복도 바닥을 타고 발등까지 찼다. 방화문 가장자리는 물리적 압력으로 찌그러져 있었고, 파손된 디지털 도어록은 교수형에 처해진 채 천장에 매달려 있었다. 화재의, 크든 작든, 여전한, 참혹함.

여섯 평 남짓한 방을 둘러보았다. 알로카시아 화분은 옆으로 쓰러져 있었고, 괴경은 싱크홀처럼 움푹 꺼져있었다. 그것은 지나치게 깊고, 이상할 정도로 괴기스러웠다. 헝클어진 옷가지, 헤어드라이어, 생수통, 과자 부스러기, 속옷이 얽힌 빨래 건조대, 수건들. 그 잔해의 더미 속에서 눈은 계속 한 곳으로 끌렸다. 시멘트 벽면 위, 불탄 벽지와 대조되며 떠오른 깃털 하나. 새가 막 비상하려는 형상의 그것은 어릴 적 유리구슬 안에서 반사되던 나선형의 물결무늬였다. 잿빛 그을림은 천장 끝까지 치솟아 지붕을 뚫고 올라갈 거 같은 착각을 불러일으켰다.

현장에 모여있는 몇몇이 그나마 사람이 다치지 않아 다행이라고 중얼거렸고, 또 다른 사람들은 조용히 고개만 끄덕였다. 사람 없는 자리에 남겨진 나는, 쉽게 발을 뗄 수 없었다. 불에 탄 사진 한 장이 내 두 발을 묶어두었다. 청년의 왼쪽 어깨에 얹힌 아버지의 팔. 아버지의 얼굴은 반쯤 그을려 사라졌지만, 가슴에 달린 훈장은 여전히 반짝이고 있었다. 국가 유공자 배지였다. 베트남 전쟁에 참전했다가 귀 한쪽을 잃고, 평생 고엽제에 시달린 내 할아버지가 떠올랐다. 잔칫날이면 그 배지를 자랑스럽게 달고 다니던 할아버지. 나는 늘 가여웠다. 빛나는 배지에 비친, 상처 입은 자랑스러움이.

불은 언제나 낯설고 기이한 기운을 품는다. 기억 속에서 가장 오래, 또렷하게 남아있는 유년의 장면 역시 불구경이었다. 내가 네 살이 되던 해, 큰 가구공장에서 불이 났고, 그날 나는 이유도 없이 하루 종일 울고 있었다. 병원을 전전하던 그 날의 나를 데리고, 할아버지는 불구경을 나갔다. 아니, 동네 전체가 나왔다. 중학생 아들을 데리고 온 이도 있었다. 불길을 반찬과 안주로 삼아 그 부자지간은 부자지간답지 않게 긴 대화를 나누고 있었다. 소방 장비가 어떻다, 소방관의 실력이 어떻다. 평소엔 없었을 교감이 불을 보면 피어오르는 모양이었다. 불은 사람을, 대화를, 미치게 만든다. 할아버지는 불길을 응시하며 말했다. "오래된 건물은 전선에서부터 타지." 옆 사람은 말했다. "사람은 불에 타 죽는 게 아니에요. 연기에 질식하는 거죠." 말이 끝나자마자 불꽃은 지붕 창 위로 치솟았다.

할아버지는 나를 안고 도로 건너편으로 달렸다. 지붕이 기울었고 굴뚝이 무너졌다. 소방차들이 도착하고, 고무장화를 신은 사람들이 둔하게 차에서 내렸다. 사다리 위로 호스를 들고 오른 소방관. 그리고 그 순간. 현관이 부서질 즈음,

옷에 불이 붙은 여자가 뛰쳐나왔다. 나는 숨을 멈추었다. 뜨거운 열기와 폭음 속에서도, 그 여자는 아무 말이 없었다. 어떤 반응도 없었다. "미친 여자네." 할아버지 목소리는 말라 있었다. 훗날 '광기'라는 단어를 처음 접했을 때, 나는 불붙은 그녀를 떠올렸다.

할아버지는 그날의 사건을 두고, "니가 울었던 건 징조였다"라고 말했다. 그 말은 지금도 개운치 않다. 그날 불구경을 함께하던 부자지간을 떠올리며 먼 산을 바라보던 할아버지의 시선도. 나는 부모 손에 자라지

않았다. 왜 할아버지가 그 말을 반복했는지, 한창 예민한 나이인 걸 알면서도 그랬는지, 알 수 없었다. 말의 상처에 몸부림치다가 나는 가방을 내던지고, 학교를 가지 않겠다며 집을 뛰쳐나가곤 했다.

그리고 403호의 불난 현장을 두 번째로 마주한 것이었다. 나는 다시 들었다. 물소리, 유압기 돌아가는 소리, 벨 소리, 누군가의 통화, 삐거덕거리는 의자, 웅성거림, 엘리베이터의 울림. 모든 소리를 나는 폰에, 귀에, 차곡차곡 담아 두고 있었다. 나는 알 것 같았다. 이 모든 소리엔 광기의 주파수가 깃들어 있다는 걸.

*

시간이 얼마나 흘렀는지 모르겠다. 나는 망연자실한 채 평상에 걸터앉아 있었다. 할아버지가 심어 둔 꽃무릇, 그 사이사이로 자란 식물들에 시선을 풀었다. 수돗가 옆으로는 크고 작은 항아리들이 열 지어 늘어서 있었다. 모두 빈 옹기였다. 돌아가신 할머니가 쓰던 것들이었다.

꽃무릇은 저 홀로 붉었다. 낭창한 꽃은 끝내 잎을 만나지 못하고 시든다. 서로 생각만 하다 생을 다하는, 쓸모없는 꽃. 유난히 가을을 탔던 할아버지는 왜 이 꽃을 아꼈을까. 기다란 목을 힘겹게 끌어올린 꽃대궁을, 할아버지는 두 손으로 살포시 받쳐 들곤 했었다. 잎이 다 떨어진 뒤에야 나오는 그 꽃을, 그는 유난히 오래 바라봤다. 기다림은 그런 식으로 독하다.

미끄러지듯 차가 들어서는 소리가 났다. 채영이었다. 마음이 아직 가라 앉지 않아 나는 느릿하게 몸을 일으켰다. 경적은 마침 내가 문밖으로 나설 때 울렸다. 앞마당에 선 채영은 꽃무릇 같았다. 왜 떠났는지, 왜 말없이 연락하지 않았는지, 이 모든 궁금함은 한순간에 무력해졌다. 우리는 마주 섰다. 말이 필요하지는 않았다. 어색한 미소만으로도 충분했다. 나는 해를 등졌고, 채영은 빛을 정면에서 받았다. 얼굴이 빛났다. 그녀 손에는 네모난 순록 뿔각 열쇠고리가 달린 차 키가 들려있었다.

"팔찌, 아직도 차고 있었구나." 채영의 눈이 내 손목에 머문다. 나는 소매를 끌어내려 손등을 덮는다. 채영은 빙그레 웃는다. "내 차로 가자. 할아버지 뵈러 추모공원에 가는 거지?" 말을 툭, 내게 받으라고 던지면서 운전석으로 향한다. 나는 늘 그랬듯, 변함없이 그녀가 시키는 대로 움직인다.

"어디?" 백팩을 내리며 확인하듯 묻는다. 나는 조수석에 앉는다.

"안색이 안 좋네." 채영이 내 얼굴을 훑고 말한다.

"할아버지한테 얘기 들었어. 이제, 그만 슬퍼해."

숨죽인 목소리로, 채영은 내비게이션에 목적지를 입력한다.

"한국은 언제 들어온 거야?" 나는 이제야 가장 궁금했던 걸 묻는다.

"한 달 정도 됐어. 집 구하고, 스타트업 준비하느라 연락이 늦었네."

"혼자 온 건 아니지?"

"아니야. 아빠는 재혼한 여자랑 모스크바 트베르스카야에 있어."

"그렇구나."

"곧 찬 바람이 불겠지. 모스크바는 너무 추워. 근데 몇 해 전 겨울엔 이상하게 정반대였지 뭐야. 그땐 모스크바가 영하 6도, 서울은 영하 17도였던가."

"별걸 다 기억하네."

"아빠랑 여행 중이었거든."

"좋았겠다. 러시아는 어때?"

"쇄빙선 알아? 무르만스크에 정박한 '레닌호'. 지금은 박물관이지만 아직도 가동돼. 핵연료로 움직이는 유일한 일반 선박이래. 건물 높이로 따지면 7층 정도. 보니까 둥근 테이블이 있어서 동행한 여행자들끼리 둘러앉았는데, 블라디미르라는 남자가, 노란 머리카락을 길게 따서 엉덩이까지 늘어뜨렸는데, 그 사람이 와서 손짓했어. 다들 일어나라는 거야. 이유는 나중에야 알았어. 그 자리가 흐루시초프 서기장, 카스트로, 유리 가가린 같은 인사들이 앉았던 자리라서였대. 웃기지? 근데 블라디미르는 끝내 한 번도 웃지 않았어."

"배 안에 핵연료라니……. 전쟁은 계속될 거라는 암시 같은 거였을까. 우크라이나 전쟁에서, 아무 죄 없는 사람들이……."

"이 전쟁은 단순하지 않아. 얽혀있어, 여러 나라의 이해관계가."

그렇게 말을 주고받는 사이 공원이 가까워졌다. 채영은 산길로 접어들자 운전을 다소 거칠게 했다. 액셀을 세게 밟고 핸들을 획 꺾었다. SUV

여서 다행이었다. 개울을 건너고, 자갈밭을 지나며 차체가 흔들렸다. 손
잡이를 붙든 내 몸도 따라 흔들렸다.

"요철이 심하네." 내가 말하자,

"하늘에도 요철이 있어. 땅에만 있는 게 아냐."

채영이 별일 아니라는 듯 웃었다.

"그럼 지금 여기가 하늘이라는 거야?"

의도한 것처럼 위트 있는 말은 나오지 않았다.

"그치. 지상에서 영원으로 가는 길목. 웜홀 같은 거. 우리, 지금 방금 거
길 지나왔어."

나지막한 채영의 목소리에는 제법 긴 시간의 평온이 묻어있었다. 제방을
올라 찻길로 들어섰고, 그제야 시야가 트였다. 길은 한결 수월해졌다.

할아버지는 한 줌 뼛가루가 돼서야 볕 좋은 양지에 묻혔다. 나라에서 내
준 공원묘지였다. 청와대에 초청돼 오찬을 하고 돌아오던 날, 할아버지
의 함박웃음이 하루 종일 얼굴에 어려있었다. 묘비 사이를 천천히 걸었
다. 손이 닿은 대리석은 거칠었다. 어느 묘에는 작은 태극기가 꽂힌 흙
병이 반쯤 묻혀있었다. 한 비석은 곰보 자국과 이끼로 얼룩져 이름조차
알아볼 수 없었다.

나는 묻지 못한 질문 하나를 가슴에 품은 채, 그 앞에 섰다.

살아계셨을 때 물었어야 했다.

영정 속 할아버지는 모든 것을 말해주고도 남을 듯, 마냥 웃고 있었다.

왼쪽 가슴에는 금장 훈장이 서너 개, 눈부시게 달려있었다. 촌스러워 보였지만, 할아버지에겐 그것이 '가보'였다. 생전에 미리 사진을 정하고, 유언처럼 말했다.

"이걸로 해라."

귀가 어두워지기 전까지, 읍내에선 채영 할아버지와 함께 웃어른 대접을 받던 우리 할아버지. '전쟁참전용사'란 명패는 그의 자부심이었다. 그런 할아버지가 돌아가시고 나니, 세상에 나 혼자 남겨졌다는 생각이 들었다. 그 생각은 장례식장에서 들은, 그냥 스쳤으면 좋았을 말을 어쩔 수 없이 듣고서 점점 더 강해져, 어느샌가 나를 완전히 결박했다. 차라리 귀가 없었으면 좋았을 것을.

남겨진 어르신들 몇몇이 둘러앉아 소주잔을 나눴다. 발인을 하루 앞둔 밤. 입심 좋은 추어탕집 아주머니가 먼저 입을 열었다. "호영이가 불쌍해서 어쩌냐. 애미가 대숲 소리에 정신줄 놓은 것도 모르고 저리 장성했으니……."

사진관 아주머니가 말을 이었다. "그러게나 말여. 집 나간 애비는 산 사람인지 죽은 사람인지도 모르고, 참……." 그녀가 혀가 차는 것을 신호라도 삼은 듯,

"미친 여자네."

화재 현장에서 뛰쳐나오던 여자를 보고 할아버지가 했던 그 말이 가슴을 쿵, 치고 지나갔다. 그들이 말한 여자가, 할아버지가 말한 여자와 같

은 사람인 것만 같았다.

물론 그럴 리는 없었다! 엄마가 예정일보다 먼저 태어났던 나를 낳다 과다출혈로 죽었다고, 할아버지는 버릇처럼 중얼거렸다. 워낙 몸이 약했던 데다 임신중독증이 심했다고도 했다. 그럴 때마다 나는 죄책감에 시달렸다. 내가 너무 빨리 나오려 했기 때문일까. 기억이 나를 괴롭혔다. 어둠, 답답함, 바깥에서 울려오는 웅웅대는 소리. 견딜 수가 없어 버둥대던, 그것이 차라리 기억이 아니었으면.

그분들 앞에서 따지듯 묻고 싶었지만, 나는 그들과 멀찍이 떨어져 빈소를 지키고 있었다. 사실 그들도 나에게 말을 하려던 건 아니었다. 그래서 그냥 마음으로만 삼키고 말았다. 오랜 시간이 흐른 뒤, 채영 할아버지가 자리에서 일어났다. 엉거주춤, 걸음은 느렸다. 아들이 서울대학교에 들어간 게 은근한 자랑이었지만, 며느리가 약물 과다복용으로 죽은 이후로는 기운이 빠져있었다. 그는 아무렇지도 않다는 듯 아들 얘기를 했다. 지금 러시아에서 책임자로 일한다……. 나가면서 그는 내 어깨를 잡고 말했다.

"마음 단단히 먹고 잘 살아야 해. 어려운 일 있음 꼭 연락하고."

나는 혹시나 채영 소식을 들을 수 있을까 싶어 기다렸다. 더 이상의 말은 없었다.

잘 따라오던 채영이 걸음을 멈춘 건, 서른이 되기도 전에 세상을 떠난 어느 묘비 앞에서였다.

"엄마는 나 때문에 죽었어. 이 죄책감이, 사라지지가 않아."

목소리가 젖어있었다.

"내가 사춘기에 한창 들어설 무렵, 엄마는 갱년기 우울증으로 힘들었어. 약을 드시고 계신 걸…… 그땐 몰랐어."

채영의 말은 서둘러 이어졌다.

"학교가 너무 싫어서, 가출을 결심했어. 가출 사이트에 가입하고, 어디 숨을 곳이 있나 미리 알아봤지. 내가 찾아간 곳은 청소년보호센터였어. 가족에게 알리지 않겠다는 조건을 대자 상담실장이 날 받아줬고……. 하지만 얼마 안 가서, 엄마한테 나를 넘겨버렸지. 방 안에 틀어박혔어. 엄마는 혹시 내가 몰래 나갈까 봐, 문 앞에 이불을 깔고 잤어. 현관 고리에 종도 달아두고……. 실종신고를 하러 갔더니, 경찰이 그러더래. '애가 40킬로라고요? 그 체중이면, 팔지도 못해요.'"

채영의 눈이 붉어졌다. 나는 뭐라고 해야 할지 몰랐다. 그저, "너무 잔인하다." 그게 다였다.

"엄마가 그러더라. 우리가 처한 고통은 누군가에겐 그냥 구경거리일 수도 있다고. 그 뒤로는, 소통이 무의미하게 느껴졌대. 그런 마음으로 복용한 약이, 결국……."

나는 말 없이 그녀 손을 잡았다. 묘비 일곱 개를 지나면 할아버지가 계셨다. 바람이 불었다. '추운데 왜 왔냐.' 할아버지가 늘 하던 인사말 같왔다. 걱정과 연민이 뒤섞인, 그의 관용적 문법. 나는 가방에서 매점에서 산 술을 꺼내 종이컵에 부었다. 묘비를 물끄러미 바라봤다.

미우면서도 불쌍한 사람, 할아버지. 산새들은 아무 일 없다는 듯 울고, 들녘에는 산 그림자가 길게 드리워졌다. "해가 많이 짧아졌네." 채영은 바람에 날리던 머리카락을 묶으며 말했다.

"태어난 사람들에게는 누구나 상처가 있지."

"슬픈 일이야……."

"어떤 면에선, 슬픔이 인류 DNA에 새겨진 가장 이기적인 유전자인 것 같아."

"기억 속에 살아있지, 그래서."

"노을, 예쁘다."

"저 들판, 저 산 너머가 궁평항 맞지?"

"누군가도 지금, 우리처럼 이 석양을 보고 있을지도 몰라."

그때 나는 소실점 남자를 떠올렸다.

두 개의 평행선이 만나지 못하더라도, 적어도 한 번은, 누군가의 '제3의 눈'에 포착된다. 방파제 끝트머리, 채영 아버지의 뒷모습에 나는 아버지를 그리워하던 내 마음을 비춰본 적 있었다. 모든 것은 돌아가고 얽히고, 결국 하나의 이미지로 모였다. 소실점.

"누구?"

"그런 사람 있었어. 노을에 스며들던 사람, 구름다리에 서서."

"거기 가야지."

"어디?"

"윤초. 이제 없어진다잖아. 그거, 써버리자. 기억나? 궁수자리에서 라즈베리 향 난다고 말했던 천문대 여인. 거기, 갈까?"

채영의 목소리는 낮고 단단했다. 해지기 전에 출발하자고, 힘 있게 말했다. 나는 그만 기가 눌렸다. 조금 전, 잠시 멈췄던 그 묘비 앞에서 채영은 다시 한번 걸음을 멈췄다. 그러다 이내, 아무 일 없었다는 듯한 발, 한 발 앞으로 내디뎠다.

"어쩌면, 우리는 꿈일지도 몰라. 여기 묻힌 사람들이 꾸는 꿈."

그녀의 목소리는 노을의 가장 낮은 파장이 되어 내 안으로 붉게 스며들었다.

*

휴게소 푸드코트에 닿은 건 마감 5분 전이었다. 도로에 너무 오래 갇혀 있었고, 배는 생각보다 더 고팠다. 우리는 말 없이 잔치국수를 먹었다. 1분도 안 걸렸을 거다.

허기를 달래자 곧장 떠오른 건, 너무 멀리 와버렸다는 사실이었다. 할아버지 49재, 다음날 오전 11시. 성당 연미사로 신청해둔 터라 그전까지는 시골에 도착해야만 했다. 괜히 채영을 따라나섰다는 생각이 들었다.

채영도 후회는 비슷했는지, 얼굴을 감싸고는 길게 한숨을 내쉬었다.

"스텔스 차박 어때?"

말끝이 조심스러웠다. 나는 생전 처음 듣는 말이라 되물었다.

"그게 뭐야?"

"뭐 그냥, 차 안에서 자는 거야. 겉으론 주차된 것처럼 보이게."

뭐 그냥 캠핑이지, 입가에 희미한 웃음이 오랜 운전의 피로와 섞여 그녀 목소리에 얹혀있었다. 돌아갈 길이 막막했던 나는 그 제안을 받아들이기로 했다.

강변으로 향하는 도로는 두 갈래로 나뉘었다. 마을이 가까워지자 식당, 마트, 숙소가 스쳐갔다. 오른편 강가엔 반려견과 함께 캠핑을 즐기는 사람들이 보였다. 채영은 속도를 줄이며 백미러를 확인했다.

그때였다.

뒷좌석 백팩 안에서 금속음이 났다. 가늘고 짧은, 그러나 명확한 소리.

"무슨 소리야? 혹시 가방에 뭐 있어?"

약간 날카로워진 채영의 목소리. 나는 민망한 마음에 얼른 백팩을 집어들었다.

"트랜지스터라디오."

"라디오? 트랜지스터?" 의아한 표정의 채영. "할아버지 유품이야. 베트남 전쟁 때, 당신 목숨을 지켜줬대."

나는 라디오의 닳은 모서리를 손끝으로 더듬으며 말했다.

"정말 오래된 거네. 근데 아직 작동돼?"

그녀가 백팩을 흘겨보며 가볍게 웃었다.

"응, 부품도 직접 갈고 납땜도 하셨거든. 이제 주파수도 잘 안 잡히지만."

내 말이 채 끝나기도 전에 백팩 안에서 '치이직' 하고 소리가 또 흘러나왔다.

"뭐야?" 채영이 눈을 크게 떴다. "아까 들린 소리도 이거였나 봐."

조금은 긴장한 얼굴이었다.

"FM 라디오가 켜져있었나 보다. 서울 벗어나면 더 안 잡힐 거야. 주파수도 다르니까."

나는 아무렇지 않다는 듯 이야기했다. 채영이 확인해보려는 듯 차의 라디오 전원을 켰다. 역시 FM이 잘 잡히지 않았다. 라디오 전원을 끄고, 잠시 생각에 잠긴 듯하더니, "여기 말고 더 좋은 데가 있어." 말을 남기고 차를 돌렸다. 밤나무 유원지를 따라 풀숲 사이로 차가 스며들었다.

치이치 치직.

풀에 스치는 바퀴,

밤공기를 가르며 흩어지는 소리.

가을 풀벌레들의 음악, 모데라토를 지나 크레센도로 이어지는 중이었다.

강에서 조금 떨어진 자갈밭, 차가 멈췄고 채영은 선루프를 열었다. 밤하늘과 바람과 남겨진 것들의 기척이 함께 들어왔다.

"여기, 예전에 온 적 있지 않아?"

상체를 핸들 쪽으로 기댄 채영이 낮게 말했다. 촉촉한 목소리였다.

"응. 어디서 봤던 풍경."

그녀의 말에 짧게 따라붙었다.

"저기 봐, 은사시나무. 솔직히 난 저 나무 싫어. 까치집도 있네."

그녀가 손으로 가리키며 코끝을 찡그렸다.

"싫다고? 왜?"

"귀신 같아서."

나는 피식 웃으며 요즘 시대에 무슨 귀신이냐, 말도 안 된다고 했고, 채영은 얼마 전 봤다는 영상을 꺼내기 시작했다. 아이를 잃은 엄마가 최첨단 장비인 4D 안경을 쓰고 죽은 아이와 재회하는 장면이었다.

"엄마! 엄마!"

애절한 음성이 허공을 울릴 때, 엄마는 천천히, 노인처럼 등을 굽히고 소리 나는 곳으로 다가갔다. 손을 뻗어도 아이는 닿지 않았다. 화면 너머, 맨손만 헛되이 허공을 휘저었다. 끝내 안지 못한 채, 엄마는 무너졌고 오열했다. 사실 나도 그 장면을 봤다. LED 화면의 시청각을 통한 물리적인 전이와 감정적인 전이에 휩싸였던 나는 그것에서 한동안 헤어나오지 못했다.

"채영, 너 스타트업 한다고 했잖아. 전공이 뭐였더라?"

처음으로 나는 궁금했던 걸 물었다.

"응용물리학. 저기 저 까치집 보여?"

"응."

"'재밍' 원리를 써. 내가 하는 일도 까치처럼 튼튼한 구조물을 만드는 거야. 나뭇가지처럼 흔한 건축자재로 말이지. 나뭇가지 하나는 단순하고 약하지만, 움직일수록 얽혀서 쉽게 안 무너져."

"재밍? 그거 전파 방해하는 데 쓰는 그 말 아니야?"

"맞아. 강한 주파수를 쏴서 통신을 막는 거. 나도 처음엔 헷갈렸어."

"뉴스 같은 데서 보잖아. VIP 행사장에 화면 끊기고 까매지면 그거지."

"응. 근데 재밌는 게, 히스테리시스hysteresis라는 용어도 써. 그리스어 어원인데, 흔히 기억 효과라고 해. 물질이 지나온 과거가 지금의 상태에 영향을 미치는 것."

"멋진 개념이네."

"하지만 나는 또 다른 경계로 묶은 의미가 좋아. 회복할 수 없는 파괴. 한 번 망가지면 다시는 되돌릴 수 없는 상태. 히스테리시스."

그녀는 조용히 말을 맺었고, 나는 대꾸하지 못했다. 먹은 음식, 겪은 날씨, 손에 닿은 바위와 꺾은 꽃, 말했던 모든 단어들, 밟았던 벌레 한 마리까지, 그 모든 감각이 내 안에 진동처럼 남아있다.

유일하게 두려운 건, 내가 나에 대해 아무것도 모른 채 끝날 수도 있다는 것이었다. 잠시 말이 끊겼다. 그러다 채영이 다시 이어갔다.

"까치집은 금방이라도 무너질 것 같지만 실은 정교해. 가지가 가지에 얽히고, 서로 물고 늘어지고…… 한 조각을 빼려면 전부가 흔들려야 해. 결국은 절대 무너지지 않게 되는 거야."

그녀 말에 귀를 기울이며 나는 처마 밑 제비집을 떠올렸다. 무너질 듯, 끝내 지탱되는 집.

*

할아버지는 원래 유머가 많은 사람이었다. 제비집 아래 떨어진 나뭇가지를 보고는 제비 나이를 어림짐작했다. "경험 많은 제비는 처음부터 진흙을 아끼면서 발로 잘 차 바른다." 그게 노련한 방식이라며 웃곤 했다. 풀잎을 엮는 제비를 '베 짜는 새'라 부르던 할아버지. 봉두난발이던 내 머리를 보며 "까치집 하나 잘 지었구먼." 하고 놀리던 말을 나는 채영의 이야기와 하나둘씩 겹쳐보았다. 그렇구나.

"달 참 밝다."

헤드라이트를 켜둔 채 내려선 채영이 둥근 달을 올려다봤다.

"은사시나무가 유난히 하얘. 달빛 때문인가?"

나는 조용히 돌멩이 하나를 주워 호숫가를 향해 던졌다. 달빛이 흔들리자 물고기들이 튀어 오르고, 풀벌레들 울음이 커졌다. 저 멀리선 이름 모를 새 한 마리가 솟아올랐다. 밤의 공기에는 숲의 냄새가 떠 있었다. 이끼, 썩은 낙엽, 물비린내의 소리. 나는 사미족의 요이크처럼 콧소리로 흥얼댔다. 백팩에서 라디오를 꺼냈다. 채영은 트렁크를 열고 LED 전등과 받침대를 꺼냈다. 금방 노란 불이 켜졌다. 이어진 접이식 의자, 불멍 화로까지 익숙한 손놀림이었다. 도구들은 태초부터 그 자리에 있었던 것처럼 차분히 자리를 잡았다. 우리는 그 사이에 앉았다.

"라디오, 챙겼구나. 이야, 진짜 오래된 거네. 정말 골동품이야."

캔커피를 든 채영이 웃었다. "으응. 이게 없으면 좀 허전해서." 나는 달빛을 물끄러미 바라봤다.

툭.

캔 뚜껑을 따는 소리가 밤공기를 갈랐다. 그윽한 커피 향이 마음을 흔들었다. "커피 냄새 좋다." 내 말에, 채영이 이야기를 풀어놓기 시작했다.

"자연 속에선 모든 감각이 꿈틀거려. 특히 후각. 예전에 아빠랑 무르만스크 갔었다고 했잖아. 거긴 극지방이야. 삼일 낮밤을 숙소에 갇혀있다가 오로라 보려고 매일 새벽 찬 바람을 맞으러 나갔지. 늘 빈손으로 돌아왔는데 나흘째, 정말 너무 추운 날이었어. 얼굴이 얼고, 발도 굳고. 그때 한국에서 온 화가 한 분이 미니어처 위스키 한 병을 톡 땄는데 그 향이 그 순간을 다 채워줬어. 아빠도 그랬어. '그래, 오로라 못 봐도 본 거나 마찬가지다.' 그 정도로. 그분, 지난주에 한 번 찾아뵀어."

황명희. 그 이름이 번쩍하고 지나갔다. 하지만 나는 묻지 않았다.

"그 화가, 산업디자인 전공했대. 색에 예민하시더라. 여기서 한 시간 정도면 직접 운영하는 바닷가 카페가 있어. 사계절 바다를 촬영해서 그걸 그림으로 옮기신대. 봄, 여름, 가을, 겨울, 결국 담아내야 할 건 '빛'이래."

채영이 등을 펴고 나를 쳐다봤다.

"무엇 같아? 제일 중요한 거, 뭐게?"

나는 깍지 낀 손에 턱을 얹었다. 눈동자를 굴리며 생각하는 척했지만, 머릿속엔 황명희가 떠올랐다. 그녀가 그 수업에서 뜬금없이 꺼냈던 말. 렘브란트 빛. 그 말 하나가 강의실 공기를 바꾸었고 모두의 시선이 그녀를 향했었다.

"뭔지 알겠어?"

채영이 접이식 화로를 들며 다시 묻는다.

"글쎄."

나는 성의 없이 한 마디를 툭 내뱉었다.

"바다 물빛."

채영의 짧은 말이 심장에 날아와 콕 박혔다. "진짜 그럴만하더라. 남산 '한국의 집' 안에 있는 카페에서 촬영 1차 실습 끝내고 만났거든."

나는 불멍 쪽으로 다가가 손을 뻗었다. 하지만 채영은 미숙한 나를 제지하며, 뒷걸음치게 했다.

"바다는 아들이 참 좋아했대. 어린 아들이 장난을 치다 파란 물감을 새 카펫에 엎질렀다고 혼쭐을 냈대. 근데 며칠 지나지 않아 신종플루에 걸려 세상을 떠났고. 그 얼룩진 카펫, 지금도 그대로 있대. 살아만 돌아온다면, 얼룩이 만 개라도 괜찮았을 거라며 울더라고. 그게 마지막 흔적이었대. 파란 얼룩으로 남은 거지. 아들이."

채영의 말끝이 촉촉해졌다. 그 장황한 이야기가 결국 이 말을 하기 위해 준비된 것처럼 느껴졌다. 불꽃 하나가 깜빡이고, 바람이 스친다.

"우리 해안절벽 마을, 여름휴가 갔던 거 기억나?"

채영이 불쑥 묻는다. 나는 불길했다. "응, 정말 더운 날이었지……. 왜?" 말끝을 높이며 경계의 기색을 내비쳤다.

"사실, 그 여행지에서 우연히 알게 된 건데…… 그 화가, 아빠 친구의 전처였어. 별장의 그림도 그분이 직접 그린 거였더라고. 아이를 잃고 이혼했고, 지금은 각자 인생을 따로 살고 있대."

"그렇구나. 사람 일 진짜 모르는 거네……."

나는 말끝을 흐렸다.

"호영, 너 혹시 알고 있었어?"

"내가? 그 사람을 어떻게 알아." 단칼에 잘랐다.

머리를 쓸어올리고 두피 전체를 뒤흔들었다. 모든 게 얽히고, 중첩되고, 끝도 없이 풀어야 할 실타래 같았다. 어릴 적 그 까치집 머리로 뛰놀던 때로 돌아가고 싶었다.

내 안에 흐르는 대물림된 피의 원형질은 도대체 뭘까.

"불은, 광기가 있어." 내가 입을 열었다. "할아버지가 겪은 전쟁은 흔적을 남겼고, 그 흔적은 나에게 유전됐고, 유전자는 그 환경을 기억하고…… 고리처럼 말이야. 불은 그 결속을 단숨에 끊어버리잖아. 엉킨 매듭을 아무렇지도 않다는 듯 녹여버리고, 남는 건, 재."

217

나는 불쏘시개를 집었다. 화롯불, 그 앞에 앉아 감자며 고구마를 굽던 할아버지가 떠올랐다. 아마 그도 그의 아버지에게 그렇게 했겠지.

"기억은 이미지일 뿐이야."

채영이 단호하게 말했다.

"실체가 있는 것 같지만 실은 아무것도 없어."

그 말을 꺼내는 채영의 말투는 더없이 긍정적이었다. 하지만 나는 도리어 허무했다. 영양가 없는 말. 잔상만 남을 뿐, 위안은 되지 않았다.

"실체가 없는데 왜 이렇게 나를 옥죄는 걸까?"

내 목에서는 투정 섞인 목소리가 튀어나왔다.

"그것도…… 뇌신경에서 일어나는 전기 신호에 휘말리는 거야. 결국 지나가게 돼 있어."

"알아. 나도 그건 알아. 근데 그게 뜻대로 안 되잖아. 복잡해."

"바다에서 파도 보듯 생각해 봐. 파도는 계속 겹쳐지고 밀려오잖아. 딱 하나만 떼어낼 수는 없어. 그건 불가능해. 다 연결돼 있으니까. 사람 일도 마찬가지야. 넌, 다른 사람들이 듣지 못하는 소리를 들을 수 있는 사람이야."

채영이 살며시 웃으며 말을 이었다.

"명경지수明鏡止水라는 말 있잖아. 네 안을 고요하게 들여다보는 거야. 울림. 미세한 진동. 그 소리들이 네 안의 의미일 수도 있어."

"할아버지도 비슷한 말을 하셨어. 근데…… 도무지 이해가 안 돼."

"이해하려고 하니까 그런 거지. 잃어버린 걸 자꾸 찾으려고 하니까 그렇지. 언젠간, 그냥 올 거야."

"글쎄……." "곧 발견하게 될 거야. 믿어봐." "정말 그럴까……." "응. 우리가 천문대에서 봤던 궁수자리. 거기 어딘가에 있을지도 모르잖아. 너무 진지하게 생각할 필요 없어. 덤으로 얻은 시간들을 헛되이 낭비하라는 것이 우주가 삶에게 주는 메시지라고 생각하면 어떨까."

채영이 멋쩍게 웃으며 가슴께 팔짱을 끼고 하늘을 올려다봤다.

"너, 그때 우리 윤초 이야기했던 거 기억나? 덤으로 생긴 1초가 지금도 계속 지나가고 있어. 우리 그냥 그거 써버리자."

"1초……. 진짜 덤으로 얻은 거면, 나는 따로 빼두고 싶어. 그 1초 동안의 주파수를 찾아야 해. 끝날지 안 끝날지는 몰라도."

나는 천천히 숨을 내쉬고 옆에 놓인 트랜지스터라디오에 손을 뻗었다.

'할아버지, 제 말 들려요?' 손끝이 먼저 말을 걸었다.

치이직, 치직. 그 소리는 그때, 조용히 흘러나왔다. 채영이 무릎담요 가지러 간 사이 벌어진 일이었다. 놀랍지 않았다. 오히려 담담했다. 아까 노지 캠핑장에서 들었던 그 소리. 이번에도 같았다. 오작동은 아니었다. 진수 형이 말했듯, 학자들이 풀지 못한 전파 신호를 전봇대 엔지니어가 풀기도 했지.

어쩌면 나 역시 70억 분의 1 확률로 그 신호를 감지한 걸지도 몰랐다.

나는 안테나를 조심스레 펼쳤다.

길게 위로 잡아 빼며 속으로 숫자를 세기 시작했다. 1초, 2초, 3초…… 6초, 7초. 파장의 높낮이를 계명으로 변환했다.

　　도도솔솔라라솔.

그 순간, 채영이 돌아왔다. 동시에, 신호도 잦아들었다.

"노래 부른 거야?" 무릎담요를 내밀며 채영이 물었다. 나는 라디오를 내려다보며 말했다.

"할아버지가 오신 것 같아."

빙의 같은 것에 걸렸다고 생각해도 좋았다. 진심이었다. 하지만 채영이 쿡, 웃어버렸다.

"라디오 좀 줘봐. 한 번 켜볼게." 그녀가 손을 내밀었다.

"책만 하네. 가죽 커버도 멋지고. 모델명이…… 64T-806? 이거 켜려면 어떻게 해?"

나는 채영의 손을 잡고 조심스레 다이얼을 돌렸다. 딱, 소리. 전원이 켜지는 소리였다. 그제야 무서워졌다.

조금 전 그 신호는 대체 뭐였을까. 음악도, 뉴스도, 교통 방송도 잡히는 경우가 드물었는데. 나는 볼륨을 천천히 높였다. 다이얼을 돌렸다. FM 주파수를 찾기 위해 손끝은 조심스럽게 움직였다. 무엇을 기다리는지도 모른 채, 그러나 분명히 무언가를 기다리며.

〈월광 소나타〉의 후반부가 흘러나온 건, 채영이 "이런 빈티지한 감성, 참 좋아"라고 말할 때였다. 할아버지는 이 곡의 제목을 늘 잊곤 하셨다. 하지만 앞부분만 들어도 감상에 잠겼다. 1악장. '달빛에 물든 호반 위의 종이배'가 떠오르고, 단순하고 느리며, 몇 음 되지 않지만, 감정을 끝내 터뜨리지 않고, 저음부 '솔#'을 반복하다 점점 멀어지는 듯 끝난다. 할아버지는 물론, 나 역시 그 시려오는 듯한 솔#의 미감을 좋아했다. 이어 라디오에서는 낭랑한 아나운서의 목소리가 흘러나왔다.

"리스트의 피아노 소품, 가장 유명한 곡을 들려드리겠습니다."

온기를 잃은 커피는 손에 닿는 불의 복사열에 따뜻하게 느껴졌다. 우리는 말 없이 리스트의 피아노곡을 들었다. 그 말 없음이 좋았다. 생명을 얻은 침묵이, 태어나고 늙고 병들어 소멸하는 여정을 숨결처럼 함께하는 것 같았다.

우리는 기억했다. 너덜겅 바위의 떨림. 35만 종의 딱정벌레 중의 하나. 풀인지 쑥인지 헷갈렸던 식물. 시아노박테리아와 공생하는 지의류. 쑥부쟁이인지 마가렛인지 모를 꽃. 은사시나무 우듬지. 햇살에 비춰보던 유리구슬, 그 안에 박제된 새 깃털. 지금 막 부화하려는 듯, 우리는 까치집을 올려다보았다. 그사이, 우리는 그동안 있었던 일들을 사소한 것만 골라 이야기했다.

채영의 차는 캠핑에 적합했다. 시트를 접자 넓은 공간이 생겼고, 나는 키가 작아서 눕기에도 충분했다. 달빛이 선루프를 타고 스며들었다.

"태양이 없었다면 달이 노랗다는 걸 몰랐겠지?"

채영의 속삭임은 노란 달빛처럼 귀를 간질였다. 그녀가 건넨 이어폰이 한쪽 귀에 꽂혔다. 소리는 내게 고통인 동시에, 기쁨이었다.

채영이 재생하는 곡의 주파수는 역시나 태양을 닮은 60Hz였다. 묵직하고 혼몽했다. 금방이라도 터질 듯 고조되다가, 안개처럼 사라졌다. 평온한 파동. 나는 잠에 빠져들었다. 해마처럼 생긴 초음파 태아 영상을 나는 자주 본다. 태아는 사람 배 속 양수에서 사는 물고기 같다. 입을 오물거리고, 손가락을 꼼지락대고, 발가락으로 물을 젓는다.

양수는 고요한 듯 보이지만 그렇지 않았다. 그 안엔 요동이 있었다. 태아였던 나는 북소리의 그림자를 달고 이 세상으로 튕겨 나왔다. 그건 '태어난 것'이 아니라, 떠밀려 나온 것이다.

나는 나를 품었던 엄마의 존재를 안다. 하지만 본 적은 없다. 그래서 엄마는 실체가 없다. 단지 그 몸 안에서 들었던 성대의 울림, 세포막을 스치는 소리, 60Hz 북소리의 진동. 그것이 내 안에 남아있다. '태양'은 어쩌면 다른 차원에서는 태아의 또 다른 이름일지도 모른다. 그 여린 북소리가 태양의 진동에 섞여 흘러가고 있었다.

*

잠에서 깨어나니 다시 혼자였다. 계속 자는 게 낫겠다 싶을 만큼, 짧은 공포가 엄습했다. 눈꺼풀을 내리감아 보았지만, 의식은 이미 깨어있었다.

이상했다. 채영은 어디로 간 걸까. 나는 차에서 내려 주변을 살폈다. 수면 위로 피어오른 은빛 물안개가 은사시나무에 띠처럼 둘려있었다. 혀끝을 간질이는 듯한 싱그런 라즈베리 향. 물까치 한 쌍이 날아들 무렵이었다. 나는 반사적으로 하늘을 올려다봤다. 샛별이 아직 영롱하게 떠 있었다. 감전된 듯, 향기를 따라 나는 걷기 시작했다.

좁은 오솔길. 향은 점점 진해졌다. 시나몬, 정향 같은 스파이시한 향. 거기에 바닐라와 캐러멜이 섞이고, 그제야 알코올 특유의 향을 감지했다. 오크통에서 숙성된 럼, 그 속에 담긴 라즈베리. 그것을 쫓는 걸음은 점점 과감해졌다.

얼마나 걸었는지 모른다. 숲길은 지워졌고, 어깨에선 힘이 빠졌다. 돌부리에 걸려 넘어지기도 하고, 노란 지의류가 깔린 바닥을 엉금엉금 기다시피 지나가기도 했다. 풀숲으로 들어가자, 엉겅퀴 가시가 눈을 찔렀다. 그리고 눈 앞에 펼쳐진, 잔디밭, 축구장 몇 배는 족히 될 공간. 그 가운데에 서 있는 채영. 나를 향해 손짓한다. 달려가자, 그녀가 나를 막아 세운다. 딱 한 뼘 앞. 그리고 그녀가 말했다.

"여기 진짜 궁수자리 같애. 럼과 라즈베리, 우주 향기 말이야."

공명共鳴이 일었다. 그러나 채영이 반보 물러나 내 이름을 불렀을 땐, 그 울림은 사라지고 없었다. 우리는 서로에게 다가섰다.

애잔한 딸림음조.

우아하고 반복되는 리듬은 격한 슬픔을 가볍게 터치하다 고독 속에 스며든다.

삶과 플랫의 반복.

1초에 8Hz. 7.2초. 소리 한 덩이.

고속의 파동.

유리블록 문턱 너머에서 할아버지의 발소리.

403호의 그 남자 발소리.

완벽한 대칭. 숨이 막혔다. 중첩된 진동, 깨지고 부딪히고 비껴가고 그러다 어우러진다. 끝났나 싶으면,

다시 시작.

"우리 집에 왜 왔니, 왜 왔니……."

꽃 자리에 다른 꽃, 사랑이라는 이름이 온다. 파동엔 끝이 없다. 끝은 시작을 부르고, 시작은 끝을 향해 다가온다. 소리의 입자가 옷을 뚫고, 피부를 지나 혈류 속으로 들어온다.

그 사실. 곁에 단 한 사람이 있다는 것. 지상에서 받은 최초이자 마지막 선물. 그게 채영이었다.

우리에게 덤으로 주어진 1초를 기억하는 한, 영원할 것 같았다. 일만 시간을 보내고, 삼백 일이 지나서야 어렴풋이 도달한 자리. 나는 눈을 비볐다. 아직 꿈속의 꿈이려나. 계이름을 흥얼거린다.

도도솔솔라라솔.

멈추었다가 다시 처음으로 돌아간다. 소리 역시 입자인 동시에 파동. 있다고 할 수 없고, 없다고도 할 수 없는 애매한 경계. 하지만 현실은 늘 깨어있는 자의 몫. 오늘은 할아버지의 49재다. 성당에 가야 한다. 어젯밤, 어젯밤 라디오에서 나온 그 소리. 채영은 기억하고 있었다. 두 개의 60Hz 주파수. 표나지 않게 간섭하며 하나로 어우러지는 진동. 그것이 길게 이어진다. 솔. 솔#. 그 신호는 트랜지스터라디오에서 왔다. 럼과 라즈베리 향기였다.

럼과 라즈베리

초판 1쇄 인쇄	2025년 9월 17일
초판 1쇄 발행	2025년 9월 25일
지은이	이순임
펴낸이	정해종
펴낸곳	(주)파람북
출판등록	2018년 4월 30일 제2018-000126호
주소	경기도 파주시 회동길 480 아트팩토리엔제이에프 B동 222호
전자우편	info@parambook.co.kr
인스타그램	@param.book
페이스북	www.facebook.com/parambook/
대표전화	031-935-4049
편집	현종희
디자인	이승욱
ISBN	979-11-7274-064-1 03810